AF202510

Tucholsky Wagner Zola Scott Sydow Freud Schlegel
Turgenev Wallace Fonatne
Twain Walther von der Vogelweide Fouqué Friedrich II. von Preußen
Weber Freiligrath
Fechner Fichte Weiße Rose von Fallersleben Kant Ernst Frey
Richthofen Frommel
Fehrs Engels Fielding Hölderlin
Faber Flaubert Eichendorff Tacitus Dumas
Feuerbach Maximilian I. von Habsburg Fock Eliasberg Zweig Ebner Eschenbach
Ewald Eliot Vergil
Goethe Elisabeth von Österreich London
Mendelssohn Balzac Shakespeare Dostojewski Ganghofer
Trackl Lichtenberg Rathenau Doyle Gjellerup
Stevenson Hambruch
Mommsen Tolstoi Lenz Droste-Hülshoff
Thoma Hanrieder
Dach Verne von Arnim Hägele Hauff Humboldt
Reuter Rousseau Hagen
Karrillon Garschin Hauptmann Gautier
Damaschke Defoe Hebbel Baudelaire
Descartes
Hegel Kussmaul Herder
Wolfram von Eschenbach Dickens Schopenhauer Rilke George
Darwin Grimm Jerome
Bronner Melville Bebel Proust
Campe Horváth Aristoteles
Bismarck Vigny Barlach Voltaire Federer Herodot
Gengenbach Heine
Storm Casanova Tersteegen Gilm Grillparzer Georgy
Chamberlain Lessing Langbein Gryphius
Brentano Lafontaine
Strachwitz Claudius Schiller Kralik Iffland Sokrates
Katharina II. von Rußland Bellamy Schilling
Gerstäcker Raabe Gibbon Tschechow
Löns Hesse Hoffmann Gogol Wilde Gleim Vulpius
Luther Heym Hofmannsthal Klee Hölty Morgenstern
Roth Heyse Klopstock Kleist Goedicke
Luxemburg Puschkin Homer Mörike
La Roche Horaz Musil
Machiavelli Kierkegaard Kraft Kraus
Navarra Aurel Musset Lamprecht Kind Moltke
Nestroy Marie de France Kirchhoff Hugo
Laotse Ipsen Liebknecht
Nietzsche Nansen
Marx Lassalle Gorki Klett Ringelnatz
von Ossietzky Leibniz
May vom Stein Lawrence Irving
Petalozzi
Platon Knigge
Pückler Michelangelo Kafka
Sachs Poe Liebermann Kock
Korolenko
de Sade Praetorius Mistral Zetkin

Der Verlag tredition aus Hamburg veröffentlicht in der Reihe **TREDITION CLASSICS** Werke aus mehr als zwei Jahrtausenden. Diese waren zu einem Großteil vergriffen oder nur noch antiquarisch erhältlich.

Symbolfigur für **TREDITION CLASSICS** ist Johannes Gutenberg (1400 — 1468), der Erfinder des Buchdrucks mit Metalllettern und der Druckerpresse.

Mit der Buchreihe **TREDITION CLASSICS** verfolgt tredition das Ziel, tausende Klassiker der Weltliteratur verschiedener Sprachen wieder als gedruckte Bücher aufzulegen – und das weltweit!

Die Buchreihe dient zur Bewahrung der Literatur und Förderung der Kultur. Sie trägt so dazu bei, dass viele tausend Werke nicht in Vergessenheit geraten.

Erzählungen und Aphorismen

Oscar Wilde

Impressum

Autor: Oscar Wilde
Übersetzung: Frieda Uhl und Rudolph Lothar
Umschlagkonzept: toepferschumann, Berlin

Verlag: tredition GmbH, Hamburg
ISBN: 978-3-8495-3255-0
Printed in Germany

Text der Originalausgabe

Oscar Wilde

Erzählungen und Aphorismen

Titel der Originalausgabe von 1891:
›Lord Arthur Savile's Crime and Other Stories‹.

Zeichnungen von
Aubrey Beardsley

Lord Arthur Saviles Verbrechen

Eine Studie über die Pflicht

I

Es war Lady Windermeres letzter Empfang vor Ostern, und
Bentinck House war noch voller als gewöhnlich. Sechs Kabinetts-
minister waren direkt vom Morgenempfang des Unterhauspräsi-
denten gekommen mit allen ihren Sternen und Ordensbändern, alle
die hübschen Frauen trugen ihre schönsten Toiletten, und am Ende
der Gemäldegalerie stand die Prinzessin Sophia von Karlsruhe, eine
gewichtige Dame mit einem Tatarenkopf, kleinen schwarzen Augen
und wundervollen Smaragden, die sehr laut ein schlechtes Franzö-
sisch sprach und maßlos über alles lachte, was man zu ihr sagte. Es
war gewiß ein wundervolles Gemisch von Menschen. Peersfrauen
in all ihrer Pracht plauderten liebenswürdig mit extremen Radika-
len, volkstümliche Prediger sah man neben hervorragenden Skepti-
kern, ein ganzer Trupp von Bischöfen folgte Schritt für Schritt einer
dicken Primadonna von Zimmer zu Zimmer, auf der Treppe standen einige Mitglieder der Königlichen Akademie, die sich als
Künstler gaben, und es hieß, daß zeitweise der Speisesaal mit Ge-
nies geradezu vollgepfropft sei. Alles in allem war es einer von
Lady Windermeres schönsten Abenden, und die Prinzessin blieb bis
fast halb zwölf Uhr.

Kaum war sie fort, kehrte Lady Windermere in die Gemäldegalerie zurück, wo gerade ein berühmter Nationalökonom einem unwillig zuhörenden ungarischen Virtuosen einen feierlichen Vortrag
über die theoretische Musikwissenschaft hielt, und begann mit der
Herzogin von Paisley zu plaudern. Sie sah wundervoll aus mit ihrem herrlichen elfenbeinweißen Hals, ihren großen Vergißmein-
nichtaugen und den schweren Flechten ihres goldenen Haares. *Or
pur* war ihr Haar, nicht die blasse Strohfarbe, die sich heute den
edlen Namen des Goldes anmaßt, nein, es war Gold, wie es in Sonnenstrahlen verwebt ist oder in seltenem Bernstein ruht. Und dieses
Haar gab ihrem Gesicht gleichsam die Umrahmung eines Heiligen-
bildes, doch nicht ohne den berückenden Zauber einer Sünderin. Sie
war ein interessantes psychologisches Studienobjekt. Sie hatte sehr

früh die große Wahrheit entdeckt, daß nichts so sehr nach Unschuld aussieht wie ein leichtfertiges Benehmen. Und durch eine Reihe von leichtsinnigen Streichen, von denen die Hälfte ganz harmlos war, hatte sie sich alle Vorrechte einer Persönlichkeit erworben. Sie hatte mehr als einmal ihren Gatten gewechselt, und der Adelskalender belastete ihr Konto mit drei Ehen. Da sie aber niemals ihren Liebhaber wechselte, hatte die Welt längst aufgehört, über sie zu klatschen. Sie war nun vierzig Jahre alt, hatte keine Kinder, aber die ausschweifende Freude am Vergnügen, die das Geheimnis ist, jung zu bleiben.

Plötzlich sah sie sich eifrig im Zimmer um und sagte mit ihrer klaren Altstimme: »Wo ist mein Chiromant?«

»Ihr was, Gladys?« rief die Herzogin und sprang unwillkürlich auf.

»Mein Chiromant, Herzogin. Ich kann jetzt ohne ihn nicht leben.«

»Liebe Gladys, Sie sind immer so originell«, murmelte die Herzogin und versuchte sich zu erinnern, was ein Chiromant eigentlich sei, wobei sie hoffte, es sei nicht dasselbe wie Chiropodist.

»Er kommt regelmäßig zweimal in der Woche, um meine Hand anzusehen«, fuhr Lady Windermere fort. »Und interessiert sich sehr dafür.«

›Großer Gott!‹ sagte die Herzogin zu sich selbst. ›Es ist also doch eine Art Chiropodist, wie schrecklich! Hoffentlich ist er wenigstens Ausländer – dann wäre es doch nicht ganz so schlimm.‹

»Ich muß ihn Ihnen vorstellen.«

»Ihn mir vorstellen?« rief die Herzogin. Ist er denn hier?« Und sie suchte ihren kleinen Schildpattfächer und einen sehr ramponierten Spitzenschal, um im gegebenen Augenblick zum Fortgehen bereit zu sein.

»Natürlich ist er hier, ich würde nicht daran denken, ohne ihn eine *Soiree* zu geben. Er behauptet, ich hätte eine rein psychische Hand und daß ich, wenn mein Daumen nur ein ganz kleines Stückchen kürzer wäre, eine unverbesserliche Pessimistin geworden wäre und heute in einem Kloster säße.«

»Ach so«, sagte die Herzogin und atmete erleichtert auf. »Er ist ein Wahrsager, nicht wahr? Und prophezeit er Glück?«

»Auch Unglück«, antwortete Lady Windermere. »Und zwar eine ganze Menge. Nächstes Jahr zum Beispiel bin ich in großer Gefahr, sowohl zu Wasser als zu Lande. Ich habe also die Absicht, in einem Ballon zu leben, und werde jeden Abend mein Essen in einem Korb heraufziehen. Das steht alles auf meinem kleinen Finger geschrieben oder in meiner Handfläche, ich weiß nicht mehr genau.« »Aber das heißt doch die Vorsehung versuchen, Gladys.«

»Meine liebe Herzogin, die Vorsehung kann heutzutage sicher schon der Versuchung widerstehen. Ich glaube, daß jeder Mensch einmal im Monat in seiner Hand lesen lassen müßte, um zu wissen, was er nicht tun darf. Natürlich tut man es doch, aber es ist so hübsch, wenn man gewarnt wird. Und wenn jetzt nicht gleich jemand Mr. Podgers holt, so werde ich ihn wohl selbst holen müssen.«

»Gestatten Sie, daß ich ihn hole«, sagte ein schlanker, hübscher junger Mann, der in der Nähe stand und dem Gespräch mit heiterem Lächeln zugehört hatte.

»Ich danke Ihnen vielmals, Lord Arthur, aber ich fürchte, Sie werden ihn nicht erkennen.«

»Wenn er ein so wunderbarer Mensch ist, wie Sie sagen, Lady Windermere, kann ich ihn wohl kaum verfehlen. Sagen Sie mir nur, wie er aussieht, und ich schaffe ihn sofort zur Stelle.«

»Er sieht durchaus nicht wie ein Chiromant aus – das heißt, er sieht weder mystisch noch esoterisch, noch romantisch aus. Er ist ein kleiner, untersetzter Mann mit einem komischen, kahlen Kopf und einer großen goldenen Brille. So ein Mittelding zwischen einem Hausarzt und einem Provinzadvokaten. Es tut mir sehr leid, Sie zu enttäuschen, aber es ist nicht meine Schuld. Die Leute sind immer so langweilig. Alle meine Pianisten sehen genau wie Dichter aus, und alle meine Dichter wie Pianisten. Ich erinnere mich, daß ich in der vorigen Saison einmal einen schrecklichen Verschwörer zu Tisch eingeladen habe, der schon eine ganze Menge Menschen in die Luft gesprengt hatte und immer ein Panzerhemd trug und einen Dolch in seinem Rockärmel verbarg. Und denken Sie sich, als er ankam, sah er just aus wie ein netter, alter Pastor und riß den ganzen Abend Witze. Natürlich – er war sehr unterhaltend, aber ich war schrecklich enttäuscht. Und als ich ihn wegen des Panzerhemdes befragte, lachte er bloß und sagte, dafür sei es zu kalt in England. Ach – da ist ja Mr. Podgers. Mr. Podgers, Sie müssen der Herzogin von Paisley die Hand lesen. Herzogin, ziehen Sie den Handschuh aus. Nicht den linken, den anderen!«

»Liebe Gladys, ich weiß wirklich nicht, ob das ganz recht ist«, sagte die Herzogin und knöpfte zögernd einen ziemlich schmutzigen Glacehandschuh auf.

»Das sind alle interessanten Dinge, nicht?« sagte Lady Windermere.» On a fait le monde ainsi. Aber ich muß Sie vorstellen. Herzogin, das ist Mr. Podgers, mein Lieblingschiromant. Mr. Podgers, das ist die Herzogin von Paisley, und wenn Sie sagen, daß ihr Mondberg größer ist als der meine, dann glaube ich Ihnen nie wieder.«

»Ich bin sicher, Gladys, daß in meiner Hand nichts Derartiges ist«, sagte die Herzogin ernsthaft.

»Euer Gnaden haben ganz recht«, sagte Mr. Podgers und blickte auf die kleine, fette Hand mit den kurzen, dicken Fingern. »Der Mondberg ist nicht entwickelt. Aber die Lebenslinie ist jedenfalls ausgezeichnet. Bitte, beugen Sie ein wenig das Gelenk. Danke. Drei deutliche Linien auf der *Rascette*. Sie werden ein hohes Alter erreichen, Herzogin, und werden außerordentlich glücklich sein. Ehrgeiz – sehr mäßig, Intelligenzlinie nicht übertrieben. Herzlinie –«

»Jetzt seien Sie einmal indiskret, Mr. Podgers!« rief Lady Windermere.

»Nichts wäre mir erwünschter«, sagte Mr. Podgers und verbeugte sich. »Wenn die Herzogin jemals dazu Anlaß gegeben hätte. Aber ich muß leider sagen, daß ich nichts anderes sehe als eine große Beständigkeit der Neigung, verbunden mit einem strengen Pflichtgefühl.«

»Bitte, fahren Sie nur fort, Mr. Podgers«, sagte die Herzogin und sah sehr vergnügt drein.

»Sparsamkeit ist nicht die letzte von Euer Gnaden Tugenden«, fuhr Mr. Podgers fort, und Lady Windermere brach in lautes Lachen aus.

»Sparsamkeit hat ihr Gutes«, bemerkte die Herzogin gnädig. »Als ich Paisley heiratete, hatte er elf Schlösser und nicht ein einziges Haus, in dem man wohnen konnte.«

»Und jetzt hat er zwölf Häuser und nicht ein einziges Schloß!« rief Lady Windermere.

»Ja, meine Teure«, sagte die Herzogin. »Ich liebe ...«

»Den Komfort«, sagte Mr. Podgers. »Und die Errungenschaften der Neuzeit, wie Heizung in jedem Schlafzimmer. Euer Gnaden haben ganz recht. Komfort ist das einzige, was unsere Kultur uns zu geben vermag.«

»Sie haben den Charakter der Herzogin bewundernswürdig getroffen, Mr. Podgers – jetzt müssen Sie uns aber auch den Charakter Lady Floras enthüllen.«

Und auf ein Kopfnicken der lächelnden Hausfrau erhob sich ein hochgewachsenes Mädchen mit rötlichem Haar und hohen Schultern verlegen vom Sofa und streckte ihm eine lange knochige Hand mit spateiförmigen Fingern entgegen.

»Ah, eine Klavierspielerin, wie ich sehe«, sagte Mr. Podgers. »Eine ausgezeichnete Pianistin, aber vielleicht nicht sehr musikalisch. Sehr zurückhaltend, sehr ehrlich. Sie lieben Tiere sehr.«

»Sehr wahr!« rief die Herzogin und wandte sich Lady Windermere zu. »Das ist vollkommen wahr. Flora hält in Macloskie zwei Dutzend Collies und würde auch unser Stadthaus in eine Menagerie verwandeln, wenn der Vater es erlaubte.«

»Wie ich es mit meinem Haus jeden Donnerstagabend tue«, rief Lady Windermere lachend. »Nur habe ich Salonlöwen lieber als Collies.«

»Das ist Ihr einziger Fehler, Lady Windermere«, sagte Mr. Podgers mit einer pompösen Verbeugung.

»Wenn eine Frau ihre Fehler nicht mit Reiz umkleiden kann, ist sie bloß ein Weibchen«, war die Antwort. »Aber Sie müssen uns noch einige Hände lesen. Bitte, Sir Thomas, zeigen Sie doch Mr. Podgers die Ihre!« Und ein lustig dreinschauender alter Herr mit einer weißen Weste kam heran und hielt eine dicke, rauhe Hand hin, deren Mittelfinger sehr lang war.

»Eine Abenteurernatur. Sie haben vier lange Reisen hinter sich und eine vor sich. Sie haben dreimal Schiffbruch erlitten. Nein, nur zweimal – aber die Gefahr eines Schiffbruchs droht Ihnen auf der nächsten Reise. Streng konservativ, sehr pünktlich. Sie sammeln mit Leidenschaft Kuriositäten. Eine schwere Krankheit zwischen dem sechzehnten und achtzehnten Jahr. Große Erbschaft nach dem dreißigsten Jahr. Große Abneigung gegen Katzen und Radikale.«

»Außerordentlich!« rief Sir Thomas aus. »Sie müssen unbedingt auch die Hand meiner Frau lesen.«

»Ihrer zweiten Frau«, sagte Mr. Podgers ruhig und hielt Sir Thomas' Hand noch in der seinen fest. »Ihrer zweiten Frau. Es wird mir ein Vergnügen sein.« Aber Lady Marvel, eine melancholisch aussehende Dame mit braunem Haar und sentimentalen Wimpern, lehnte entschieden ab, sich ihre Vergangenheit oder Zukunft enthüllen zu lassen. Und was Lady Windermere auch versuchte, nichts konnte Monsieur de Koloff, den russischen Botschafter, dazu bewegen, auch nur seine Handschuhe auszuziehen. Ja, viele schienen sich zu fürchten, dem seltsamen kleinen Mann mit dem stereotypen Lächeln, der goldenen Brille und den glänzenden Kugelaugen gegenüberzutreten; und als er der armen Lady Fermor klipp und klar vor allen Leuten erklärte, daß sie gar keinen Sinn für Musik habe, aber in Musiker vernarrt sei, fühlte man allgemein, daß Chiromantie eine sehr gefährliche Wissenschaft sei und daß man sie nur unter vier Augen betreiben dürfe.

Lord Arthur Savile aber, der von Lady Fermors unglückseliger Geschichte nichts wußte und Mr. Podgers mit großem Interesse beobachtet hatte, war furchtbar neugierig, sich aus der Hand lesen zu lassen, und da er sich etwas scheute, sich in den Vordergrund zu drängen, ging er durch das Zimmer hinüber zu Lady Windermeres Platz und fragte sie mit reizendem Erröten, ob sie wohl glaube, daß Mr. Podgers ihm den Gefallen tun würde.

»Gewiß, gewiß«, sagte Lady Windermere. »Dazu ist er ja hier. Alle meine Löwen, lieber Lord Arthur, sind dressierte Löwen, die durch den Reifen springen, wenn ich es ihnen befehle. Aber ich sage Ihnen im voraus, daß ich Sybil alles wiedererzählen werde. Sie kommt morgen zum Lunch zu mir – wir haben über Hüte zu reden –, und wenn Mr. Podgers herausfinden sollte, daß Sie einen schlechten Charakter oder Anlage zur Gicht haben oder daß Sie bereits eine Frau besitzen, die irgendwo in Bayswater lebt, so werde ich sie das alles bestimmt wissen lassen!«

Lord Arthur lächelte und schüttelte den Kopf. »Ich fürchte mich nicht«, sagte er, »Sybil kennt mich so gut, wie ich sie kenne.«

»Ach, das tut mir eigentlich leid. Die passende Grundlage für eine Ehe ist gegenseitiges Mißverstehen. Nein, ich bin durchaus nicht zynisch. Ich habe bloß Erfahrung gesammelt, was übrigens fast auf dasselbe hinauskommt ... Mr. Podgers, Lord Arthur Savile ist furchtbar neugierig, was in seiner Hand steht. Aber erzählen Sie ihm nicht, daß er mit einem der schönsten Mädchen Londons verlobt ist, denn das hat bereits vor einem Monat in der *Morning Post* gestanden!«

»Liebe Lady Windermere«, rief die Marquise von Jedburgh. »Lassen Sie Mr. Podgers nur noch einen Augenblick hier! Er hat mir eben gesagt, daß ich zur Bühne gehen würde, und das interessiert mich schrecklich.«

»Wenn er Ihnen das gesagt hat, Lady Jedburgh, werde ich ihn gewiß sofort abberufen. Kommen Sie gleich herüber, Podgers, und lesen Sie Lord Arthurs Hand.«

»Schön«, sagte Lady Jedburgh und verzog etwas das Mündchen, als sie vom Sofa aufstand. »Wenn man mir nicht erlauben will, zur Bühne zu gehen, will ich wenigstens Publikum sein.«

»Natürlich, wir sind alle Publikum«, sagte Lady Windermere. »Und nun, Mr. Podgers, erzählen Sie uns etwas recht Hübsches. Lord Arthur ist einer meiner besonderen Lieblinge.«

Als aber Mr. Podgers Lord Arthurs Hand erblickte, erblaßte er ganz merkwürdig und sagte gar nichts. Ein Schauer schien ihn zu schütteln, und seine großen, buschigen Augenbrauen zuckten konvulsivisch auf eine ganz seltsame, erregte Art, wie immer, wenn er sich in einer schwierigen Situation befand. Dann traten große

Schweißtropfen auf seine gelbe Stirn wie giftiger Tau, und seine dicken Finger wurden kalt und feucht.

Lord Arthur entgingen natürlich diese merkwürdigen Zeichen von Aufregung nicht, und zum erstenmal in seinem Leben empfand er Furcht. Sein erster Gedanke war, aus dem Zimmer zu stürzen, aber er bezwang sich. Es war besser, das Schlimmste zu erfahren, was es auch sein mochte, als in dieser fürchterlichen Ungewißheit zu bleiben.

»Ich warte, Mr. Podgers«, sagte er.

»Wir warten alle«, sagte Lady Windermere in ihrer raschen, ungeduldigen Art, aber der Chiromant gab keine Antwort.

»Wahrscheinlich soll Arthur auch zur Bühne gehen«, sagte Lady Jedburgh. »Und da Sie vorhin gescholten haben, traut sich Mr. Podgers nicht, es zu sagen.«

Plötzlich ließ Mr. Podgers Lord Arthurs rechte Hand fallen und ergriff seine linke; um sie zu prüfen, beugte er sich so tief herab, daß die goldene Fassung seiner Brille die Handfläche zu berühren schien. Einen Augenblick legte sich das Entsetzen wie eine bleiche Maske über sein Gesicht, aber er fand bald seine Kaltblütigkeit wieder und sagte mit einem Blick auf Lady Windermere und mit einem erzwungenen Lächeln: »Es ist die Hand eines reizenden jungen Mannes.«

»Das stimmt natürlich«, antwortete Lady Windermere. »Aber wird er auch ein reizender Ehemann werden? Das möchte ich gern wissen.«

»Das ist die Bestimmung aller reizenden jungen Männer«, sagte Podgers.

»Ich glaube nicht, daß ein Ehemann gar zu reizend sein sollte«, murmelte nachdenklich Lady Jedburgh. »Das ist zu gefährlich.«

»Mein liebes Kind, Ehemänner sind niemals reizend genug!« rief Lady Windermere. »Was ich aber wissen möchte, sind Einzelheiten. Einzelheiten sind nämlich das einzige, was interessant ist. Was wird also Lord Arthur begegnen?«

»In den nächsten Monaten wird Lord Arthur eine Reise machen –«

»Seine Hochzeitsreise natürlich.«

»Und eine Verwandte verlieren.«

»Doch hoffentlich nicht seine Schwester«, sagte Lady Jedburgh mit kläglicher Stimme.

»Bestimmt nicht seine Schwester«, sagte Mr. Podgers mit einer abwehrenden Handbewegung.»Bloß eine entfernte Verwandte.«

»Ich bin schrecklich enttäuscht«, sagte Lady Windermere.»Da habe ich ja morgen Sybil gar nichts zu erzählen. Kein Mensch kümmert sich doch heutzutage um entfernte Verwandte – die sind schon seit Jahren aus der Mode. Jedenfalls werde ich ihr aber raten, ein schwarzes Seidenkleid bereitzuhalten. Es macht sich immer gut in der Kirche ... Nun wollen wir zu Tisch gehen. Gewiß ist alles schon aufgegessen worden, aber vielleicht finden wir doch noch etwas warme Suppe. François war sonst ein Meister in Suppen, aber er beschäftigt sich jetzt so viel mit Politik, daß gar kein Verlaß mehr auf ihn ist. Ich wünschte, General Boulanger würde endlich Ruhe geben. Sie scheinen etwas abgespannt, Herzogin?«

»Nicht im geringsten, teure Gladys«, antwortete die Herzogin und wackelte zur Türe.»Ich habe mich ausgezeichnet unterhalten, und der Chiropodist, ich meine der Chiromant, ist sehr interessant. Flora, wo kann mein Schildpattfächer nur sein? Oh, vielen Dank, Sir Thomas! Und mein Spitzenschal, Flora? Oh, ich danke Ihnen, Sir Thomas, Sie sind sehr liebenswürdig.« Und die würdige Dame kam endlich die Treppe hinunter und hatte ihr Riechfläschchen bloß zweimal fallen lassen.

Die ganze Zeit über hatte Lord Arthur Savile am Kamin gestanden mit einem Gefühl des Schreckens, mit dem lähmenden Vorgefühl kommenden Unheils. Er lächelte traurig seiner Schwester zu, als sie an Lord Plymdales Arm vorüberkam, reizend anzuschauen mit ihrem roten Brokatkleid und ihren Perlen, und er hörte kaum, als Lady Windermere ihn aufforderte, mit ihr zu kommen. Er dachte an Sybil Merton, und der Gedanke, daß etwas zwischen sie beide treten könnte, verschleierte seine Augen mit Tränen.

Wer ihn ansah, hätte glauben können, die Nemesis habe den Schild der Pallas gestohlen, um ihm das Medusenhaupt vorzuhalten. Er schien in Stein verwandelt, und sein Gesicht war marmorn in seiner Melancholie. Er hatte das verfeinerte Luxusleben eines jungen Mannes von Rang und Vermögen geführt, ein Leben, wunderbar frei von häßlicher Sorge, herrlich in seiner knabenhaften Unbekümmertheit. Zum erstenmal war ihm das furchtbare Geheimnis des Schicksals zum Bewußtsein gekommen, der schreckliche Sinn des Verhängnisses.

Wie wahnsinnig und schrecklich ihm all das erschien! Konnte irgendein furchtbares sündiges Geheimnis, ein blutrotes Zeichen des Verbrechens in seiner Hand geschrieben stehen, in Hieroglyphen, die er selbst nicht zu lesen vermochte, die aber ein anderer zu entziffern verstand? War es nicht möglich, diesen drohenden Dingen zu entgehen? Waren wir denn nichts anderes als Schachfiguren, die eine unsichtbare Macht bewegt, nichts anderes als Gefäße, die ein Töpfer formt, wie es ihm beliebt, um sie mit Schmach oder Ehre zu füllen? Sein Verstand empörte sich dagegen, und doch fühlte er, daß irgendeine Tragödie über ihm hing und daß ihm plötzlich beschieden war, eine unerträgliche Last zu tragen. Wie glücklich sind doch Schauspieler! Sie haben die Wahl, ob sie in der Tragödie oder Komödie auftreten wollen, ob sie leiden oder lustig sein, lachen oder Tränen vergießen wollen. Aber im wirklichen Leben ist das so ganz anders. Die meisten Männer und Frauen sind gezwungen, Rollen zu verkörpern, für die sie gar nicht geeignet sind. Unsere Güldensterns spielen uns den Hamlet vor, und unsere Hamlets müssen scherzen wie Prinz Heinz. Die Welt ist eine Bühne, aber das Stück ist falsch besetzt.

Plötzlich trat Mr. Podgers ins Zimmer. Als er Lord Arthur erblickte, fuhr er zusammen, und sein grobes, dickes Gesicht wurde ganz grünlichgelb. Die Augen der beiden Männer begegneten sich, und einen Augenblick herrschte Schweigen.

»Die Herzogin hat einen ihrer Handschuhe hier vergessen, Lord Arthur, und hat mich gebeten, ihn ihr zu bringen«, sagte endlich Mr. Podgers. »Ach, ich sehe ihn da auf dem Sofa. Guten Abend.«

»Mr. Podgers, ich muß darauf bestehen, daß Sie mir eine Frage, die ich an Sie stellen will, aufrichtig beantworten.«

»Ein anderes Mal, Lord Arthur, die Herzogin wartet. Ich muß wirklich gehen.«

»Sie werden nicht gehen. Die Herzogin hat keine Eile.«

»Man darf Damen nie warten lassen, Lord Arthur«, sagte Mr. Podgers mit seinem matten Lächeln. »Das schöne Geschlecht wird leicht ungeduldig.«

Um Lord Arthurs feingezeichnete Lippen spielte eine stolze Verachtung. Die arme Herzogin hatte für ihn in diesem Augenblick nicht die geringste Bedeutung. Er ging auf Mr. Podgers zu und hielt ihm seine Hand entgegen.

»Sagen Sie mir, was Sie hier gesehen haben«, sagte er. »Sagen Sie mir die Wahrheit. Ich muß sie wissen. Ich bin kein Kind.«

Mr. Podgers Augen blinzelten hinter der goldenen Brille, und er trat unruhig von einem Fuß auf den andern, während seine Finger nervös mit einer dicken Uhrkette spielten.

»Warum glauben Sie denn, Lord Arthur, daß ich mehr in Ihrer Hand gesehen habe, als ich Ihnen gesagt habe?«

»Ich weiß es und bestehe darauf, daß Sie mir sagen, was es war. Ich werde Ihnen natürlich diesen Dienst bezahlen. Ich gebe Ihnen einen Scheck auf hundert Pfund.«

Die grünen Augen blitzten einen Augenblick auf, und dann wurden sie wieder trübe.

»Guineen?« sagte Herr Podgers endlich leise.

»Gewiß. Ich sende Ihnen morgen den Scheck. Wie heißt Ihr Klub?«

»Ich bin in keinem Klub. Das heißt, momentan nicht. Meine Adresse ist ... Aber gestatten Sie mir, Ihnen meine Karte zu geben.« Und Mr. Podgers zog aus seiner Westentasche eine goldgeränderte Visitenkarte und überreichte sie Lord Arthur mit einer tiefen Verbeugung. Auf der Karte stand:

Mr. Septimus R. Podgers

»Meine Sprechstunden sind von zehn bis vier«, murmelte Mr. Podgers mechanisch. »Familien haben ermäßigte Preise.«

»Schnell, schnell«, rief Lord Arthur, ganz blaß im Gesicht, und hielt ihm die Hand entgegen. Mr. Podgers blickte sich unruhig um, und dann zog er die schwere Portiere vor die Türe. »Es wird einige Zeit dauern, Lord Arthur, wollen Sie sich nicht lieber setzen?«

»Rasch, rasch!« rief Lord Arthur wieder und stampfte ärgerlich mit dem Fuß auf das Parkett.

Mr. Podgers lächelte, zog aus seiner Brusttasche ein kleines Vergrößerungsglas und wischte es sorgfältig m Taschentuche ab.

»Ich stehe ganz zu Ihrer Verfügung.« sagte er.

II

Zehn Minuten später stürzte Lord Arthur Savile mit entsetzensbleichem Gesicht, mit Augen, aus denen der Schrecken starrte, aus dem Hause, brach sich Bahn durch die Menge pelzumhüllter Lakaien, die unter der großen, gestreiften Markise herumstanden und nichts zu sehen und zu hören schienen. Die Nacht war bitterkalt, und die Gaslaternen rings auf dem Platze flatterten und zuckten im scharfen Wind. Aber seine Hände waren fieberheiß, und seine Stirn brannte wie Feuer. Er ging weiter und weiter, fast schwankend wie ein Betrunkener. Ein Schutzmann sah ihm neugierig nach, als er an ihm vorübergegangen war, und ein Bettler, der aus einem Torweg herauskroch, um ihn um ein Almosen anzusprechen, schauderte zusammen, denn er sah einen Jammer, der größer war als der seine. Einmal blieb er unter einer Laterne stehen und betrachtete seine Hände. Er glaubte Blutspuren auf ihnen zu entdecken, und ein schwacher Schrei brach von seinen zitternden Lippen.

Mord – das war es, was der Chiromant da gesehen hatte. Mord! Die Nacht selbst schien es zu wissen, und der einsame Wind heulte es ihm ins Ohr. Die dunklen Ecken der Straße waren davon voll. Von den Dächern der Häuser grinste es ihn an.

Zuerst kam er zum Park, dessen dunkles Gehölz ihn festzubannen schien. Er lehnte sich müde gegen das Gitter, kühlte seine Stirn am feuchten Metall und horchte auf das zitternde Schweigen der Bäume.»Mord! Mord!« wiederholte er immer wieder, als ob die Wiederholung den Schrecken des Wortes mindern könnte. Der Klang seiner eigenen Stimme ließ ihn erschauern, aber er hoffte fast, daß das Echo ihn höre und die schlafende Stadt aus ihren Träumen wecke. Er fühlte ein tolles Verlangen, einen der zufällig Vorübergehenden festzuhalten und ihm alles zu sagen.

Dann ging er durch die Oxford Street in enge, verrufene Gäßchen. Zwei Weiber mit geschminkten Gesichtern kicherten hinter ihm her. Aus einem dunklen Hof kam der Lärm von Flüchen und Schlägen, gefolgt von schrillem Geschrei, und zusammengesunken auf feuchten Torstufen sah er die verkrümmten Gestalten der Armut und des Alters. Ein seltsames Mitleid überkam ihn. War diesen Kindern der Sünde und des Elends ihr Ende vorherbestimmt wie ihm das seine? Waren sie wie er bloß Puppen in einem ungeheuerlichen Theater?

Und doch war es nicht das Geheimnis, sondern die Komödie des Leidens, die ihn ergriff, seine absolute Nutzlosigkeit, seine groteske Sinnlosigkeit. Wie schien doch alles zusammenhanglos, wie bar jeder Harmonie! Er war bestürzt über den Zwiespalt zwischen dem schalen Optimismus des Tages und den wirklichen Tatsachen des Lebens. Er war noch sehr jung.

Nach einiger Zeit fand er sich vor der Marylebone Church wieder. Die schweigende Landstraße glich einem langen Band von glänzendem Silber, in das zitternde Schatten hier und da dunkle Flecken einzeichneten. Weit in der Ferne wand sich eine Linie flackernder Gaslaternen, und vor einem kleinen, ummauerten Hause stand ein einsamer Wagen, dessen Kutscher eingeschlafen war. Er ging hastig in der Richtung von Portland Place und sah sich ab und zu um, als fürchte er, verfolgt zu werden. An der Ecke der Rich Street standen zwei Männer und lasen einen kleinen Anschlagzettel an einem Zaun. Ein merkwürdiges Gefühl der Neugier überkam ihn, und er ging hinüber. Als er näher kam, traf sein Blick das Wort »Mord«, das da mit schwarzen Lettern gedruckt stand. Er fuhr zusammen, und ein dunkles Rot schoß in seine Wangen. Es war eine Bekanntmachung, die eine Belohnung aussetzte für jede Nachricht, die dazu führen könnte, einen Mann von mittlerer Größe zwischen dreißig und vierzig Jahren festzunehmen, der einen weichen Hut, schwarzen Rock und karierte Hosen trug und eine Narbe auf der rechten Wange hatte. Er las den Steckbrief wieder und immer wieder und dachte darüber nach, ob der unglückliche Mensch gefangen werden würde und wieso er wohl verwundet worden sei. Vielleicht würde auch einmal sein eigner Name so an den Mauern Londons zu lesen sein! Vielleicht würde auch auf seinen Kopf eines Tages ein Preis gesetzt werden.

Der Gedanke erfüllte ihn mit namenlosem Grauen. Er wandte sich ab und eilte hinaus in die Nacht.

Er wußte kaum, wohin er ging. Er erinnerte sich dunkel, daß er durch ein Labyrinth schmutziger Häuser wanderte, daß er sich in einem riesigen Spinnennetz finsterer Straßen verlor, und es dämmerte schon, als er sich endlich auf dem Piccadilly Circus befand. Als er dann langsam heimwärts, dem Belgrave Square zu ging, begegnete er den großen Marktwagen auf dem Wege nach Covent Garden. Die Fuhrleute in den weißen Röcken, mit ihren lustigen, sonnengebräunten Gesichtern und den derben Krausköpfen, gingen mit festen Schritten neben ihren Wagen her, knallten mit der Peitsche und riefen dann und wann einander etwas zu. Auf einem großen grauen Pferde, dem Leitpferde eines lärmenden Gespanns, saß ein pausbäckiger Junge mit einem Strauß von Primeln an seinem abgenutzten Hut, hielt sich mit seinen kleinen Händen an der Mähne fest und lachte. Und die großen Haufen von Gemüse auf den Wagen, die sich vom Morgenhimmel abhoben, glichen großen Haufen von grünem Nephrit, die sich von den roten Blättern einer wunderbaren Rose abheben.

Lord Arthur fühlte sich merkwürdig bewegt – er wußte selbst nicht, warum. Es lag etwas in der zarten Lieblichkeit des aufdämmernden Morgens, das ihn mit merkwürdiger Gewalt ergriff, und er dachte an all die Tage, die in Schönheit anbrechen und im Sturme enden. Und welch ein seltsames London sahen diese Bauern mit ihren rauhen, fröhlichen Stimmen und ihrem nachlässigen Gehabe! Ein London, frei von der Sünde der Nacht und dem Rauch des Tages, eine bleiche, gespenstische Stadt, eine öde Stadt der Gräber. Er fragte sich, was sie wohl von dieser Stadt dächten, ob sie irgend etwas wüßten von ihrem Glanz und ihrer Schande, von ihren wilden, feuerfarbenen Freuden und ihrem schrecklichen Hunger, von all ihren guten und bösen Taten vom Morgen bis zum Abend.

Wahrscheinlich war ihnen die Stadt nur der Markt, auf den sie ihre Früchte und Gemüse brachten, um sie zu verkaufen, und wo sie höchstens einige Stunden verweilten, bis sie wieder die immer noch schweigenden Straßen, die noch schlafenden Häuser hinter sich ließen. Es machte ihm Vergnügen, sie zu beobachten, wie sie vorüberzogen. Rauh, wie sie waren mit ihren schweren, genagelten Schuhen und ihrem schwerfälligen Gang, brachten sie ein Stück Arkadien mit sich. Er fühlte, daß sie mit der Natur gelebt hatten und daß die Natur sie den Frieden gelehrt hatte. Er beneidete sie um alles, was sie nicht wußten.

Als er den Belgrave Square erreicht hatte, war der Himmel blaßblau, und die Vögel begannen in den Gärten zu zwitschern.

III

Als Lord Arthur erwachte, war es zwölf Uhr, und die Mittagssonne strömte herein durch die elfenbeinfarbenen Seidenvorhänge seines Zimmers. Er stand auf und blickte aus dem Fenster. Ein trüber Glutnebel hing über der großen Stadt, und die Dächer der Häuser flimmerten wie mattes Silber. In dem schimmernden Grün unten auf dem Platze huschten einige Kinder gleich weißen Schmetterlingen hin und her, und auf den Bürgersteigen wimmelte es von Leuten, die in den Park gingen. Niemals war ihm das Leben schöner erschienen, niemals schien alles Böse weiter von ihm entfernt.

Dann kam sein Kammerdiener und brachte ihm eine Tasse Schokolade auf einem Tablett. Nachdem er sie ausgetrunken hatte, schob er eine schwere *Portiere* von pfirsichfarbenem Plüsch beiseite und ging ins Badezimmer. Das Licht fiel sanft von oben durch dünne Scheiben von durchsichtigem Onyx, und das Wasser im Marmorbecken schimmerte wie ein Mondstein. Er stieg rasch hinein, bis die kühlen Wellen ihm Brust und Haare benetzten, und dann tauchte er auch den Kopf unter, als wolle er die Flecken irgendeiner schmachvollen Erinnerung von sich abspülen. Als er herausstieg, fühlte er sich fast beruhigt. Das ausgezeichnete physische Wohlbefinden des Augenblicks beherrschte ihn, wie dies oft bei sehr feingearteten Naturen der Fall ist, denn die Sinne können, wie das Feuer, ebensogut reinigen wie zerstören.

Nach dem Frühstück legte er sich auf den Diwan und zündete sich eine Zigarette an. Auf dem Kaminsims, gerahmt in köstlichen alten Brokat, stand eine große Photographie von Sybil Merton, wie er sie zum ersten Male auf dem Ball von Lady Noel gesehen hatte. Der schmale, entzückend geschnittene Kopf war leicht zur Seite geneigt, als könne der zarte Hals, schlank wie ein Rohr, die Last so vieler Schönheit nicht tragen. Die Lippen waren leicht geöffnet und schienen zu süßer Musik geschaffen. Und all die zarte Reinheit der Jungfräulichkeit blickte wie verwundert aus den träumerischen Augen. Mit ihrem leichten, sich an den Körper schmiegenden Kleide aus *Crêpe de Chine* und ihrem breiten, blattförmigen Fächer glich sie einer jener kleinen, zarten Figuren, die man in den Olivenwäldern bei Tanagra findet. Ein Hauch griechischer Grazie lag auch in der Stellung und Haltung. Und doch war sie nicht *petite*. Sie war einfach von vollendetem Ebenmaß, eine Seltenheit in einer Zeit, wo so viele Frauen entweder übergroß oder zu klein sind.

Als Lord Arthur jetzt das Bild ansah, erfüllte ihn das furchtbare Mitleid, das der Liebe entspringt. Er fühlte, daß sie zu heiraten mit dem Verhängnis des Mordes, das über seinem Haupte schwebte, ein Verrat wäre, gleich dem des Judas, ein Verbrechen, schlimmer als je ein Borgia es erträumt. Welches Schicksal würde ihrer harren, wenn jeder Augenblick ihn rufen konnte, das zu erfüllen, was in seiner Hand geschrieben stand? Welches Leben würden sie führen, indes seine unheilvolle Bestimmung in der Waagschale des Fatums lag! Die Heirat mußte um jeden Preis verschoben werden. Dazu war er unbedingt entschlossen. Fest entschlossen, obwohl er das Mädchen liebte und die bloße Berührung ihrer Fingerspitzen, wenn sie beisammensaßen, ihm jeden Nerv in wunderbarer Wonne erbeben ließ; er erkannte klar, was seine Pflicht war, und war sich bewußt, daß er nicht das Recht hatte zu heiraten, ehe er den Mord begangen hatte. War es einmal geschehen, dann konnte er mit Sybil Merton vor den Altar treten und sein Leben in ihre Hände legen, ohne fürchten zu müssen, unrecht zu handeln. War es einmal geschehen, so konnte er sie in seine Arme schließen, und sie würde niemals für ihn erröten, niemals den Kopf in Schande beugen müssen. Aber geschehen mußte es erst, und je früher, desto besser für beide.

Viele Männer in seiner Lage hätten gewiß den Blumenpfad der Liebeständelei den steilen Höhen der Pflicht vorgezogen. Aber Lord Arthur war zu gewissenhaft, um den Genuß dem Prinzip vorzuziehen. Seine Liebe war mehr als bloße Leidenschaft. Und Sybil war ihm ein Symbol für alles Gute und Edle. Einen Augenblick hatte er einen natürlichen Widerwillen gegen die Tat, die ihm aufgezwungen war, aber das ging rasch vorüber. Sein Herz sagte ihm, daß es keine Sünde, sondern ein Opfer wäre; seine Vernunft erinnerte ihn daran, daß ihm kein anderer Weg offenstünde. Er hatte zu wählen zwischen einem Leben für sich selbst und einem Leben für andere, und so schrecklich zweifellos die Aufgabe war, die er erfüllen mußte, er wußte doch, daß er den Eigennutz nicht über die Liebe triumphieren lassen dürfe. Früher oder später werden wir alle vor dieselbe Entscheidung gestellt, wird uns dieselbe Frage vorgelegt. An Lord Arthur trat sie früh im Leben heran – ehe sein Charakter von dem berechnenden Zynismus der mittleren Jahre verdorben war, bevor sein Herz zerfressen war von dem oberflächlichen Mode-Egoismus unserer Tage, und er zögerte nicht, seine Pflicht zu tun. Zu seinem Glücke war er kein bloßer Träumer, kein müßiger Dilettant. Wäre er das gewesen, würde er gezögert haben wie Hamlet, und die Unentschlossenheit hätte seinen Willen gelähmt. Aber er war eine durch und durch praktische Natur. Das Leben bestand für ihn mehr im Handeln als im Denken. Er besaß das Seltenste auf Erden: gesunden Menschenverstand.

Die wilden, verworrenen Empfindungen der vergangenen Nacht waren mittlerweile verschwunden, und er blickte beinahe mit einem Gefühl von Scham auf seine kopflose Wanderung von Straße zu Straße, auf den wütenden Aufruhr in seiner Seele zurück. Gerade die Wahrheit seiner Qualen ließ sie ihm jetzt unwirklich erscheinen. Er fragte sich verwundert, warum er so töricht gewesen sei, gegen das Unvermeidliche zu toben und zu rasen. Die einzige Frage, die ihn jetzt zu quälen schien, war, wen er umbringen sollte; denn er war nicht blind gegen die Tatsache, daß der Mord, wie die Religionsübungen der heidnischen Welt, ebenso ein Opfer verlangt wie einen Priester. Da er kein Genie war, hatte er keine Feinde, und er fühlte auch, daß es jetzt nicht an der Zeit wäre, irgendeine persönliche Antipathie oder Ranküne zu befriedigen, daß vielmehr die Aufgabe, die ihm auferlegt war, eine große und tiefe Feierlichkeit erforderte. Er setzte also auf einem Blatt Papier eine Liste seiner Freunde und Verwandten auf und entschied sich nach langer Überlegung für Lady Clementina Beauchamp, eine gute alte Dame, die in der Curzon Street wohnte und die seine Cousine zweiten Grades von Mutterseite her war. Er hatte Lady Clem, wie alle in der Familie sie nannten, immer sehr gern gehabt, und da er selbst sehr wohlhabend war – er hatte bei seiner Volljährigkeit den ganzen Besitz Lord Rugbys geerbt –, so bestand nicht die Möglichkeit, daß man ihm gemeine Geldinteressen an ihrem Tod unterschieben könnte. Je mehr er über die Sache nachdachte, desto mehr schien sie ihm die richtige zu sein, und da er fühlte, daß jeder Aufschub unrecht gegen Sybil sein würde, entschloß er sich, sofort seine Vorbereitungen zu treffen.

Zuallererst mußte natürlich die Angelegenheit mit dem Chiromanten geordnet werden; er setzte sich also an einen kleinen Sheratonschreibtisch, der am Fenster stand, und schrieb einen Scheck über hundertfünf Pfund aus, zahlbar an Mr. Septimus Podgers, steckte die Anweisung in einen Umschlag und gab seinem Diener den Auftrag, ihn nach der West Moon Street zu bringen. Dann liess er seinen Wagen kommen und zog sich zum Ausgehen an. Bevor er das Zimmer verließ, warf er noch einen Blick auf Sybil Mertons Bild zurück und schwor sich zu, daß, was auch kommen möge, er sie nie wissen lassen würde, was er jetzt um ihretwillen tue; er würde vielmehr das Geheimnis seiner Selbstaufopferung immer in seinem Herzen bewahren.

Auf dem Wege zu seinem Klub ließ er vor einem Blumenladen halten und schickte Sybil einen wundervollen Korb mit Narzissen mit entzückenden weißen Blütenblättern und starren Fasanenaugen. Als er in seinem Klub ankam, ging er sofort in das Bibliothekszimmer, klingelte dem Diener und ließ sich ein Glas Selterswasser mit Zitrone und ein Buch über Toxicologie bringen. Er war sich vollkommen darüber klar, daß Gift das beste Mittel für sein schwieriges Unternehmen sei. Jede persönliche Gewaltanwendung widerstrebte ihm durchaus, und überdies wollte er Lady Clementina entschieden nicht auf eine Weise umbringen, die öffentliche Aufmerksamkeit erregen konnte. Der Gedanke, bei Lady Windermeres

Empfängen zum Löwen des Tages gemacht zu werden oder seinen Namen in den Spalten gemeiner Klatschblätter zu finden, war ihm ein Greuel. Außerdem mußte er an Sybils Eltern denken, die ziemlich altmodische Leute waren und sich vielleicht der Heirat widersetzen könnten, wenn es jetzt irgendeinen Skandal gab; trotzdem war er vollkommen davon überzeugt, daß sie, wenn er ihnen den wahren Sachverhalt mitteilte, die ersten wären, die Motive, die ihn zur Tat getrieben hatten, zu würdigen. Alles war also dazu angetan, ihn zur Wahl von Gift zu bestimmen. Das war sicher, ruhig und unfehlbar, und man vermied dabei alle peinlichen Szenen, gegen die er, wie die meisten Engländer, eine eingewurzelte Abneigung hatte.

In der Giftkunde aber waren seine Kenntnisse gleich Null, und da der Diener in der Bibliothek nichts darüber finden konnte als *Ruff 's Guide* und *Bailey's Magazine*, sah er selbst in den Büchergestellen nach und stieß schließlich auf eine hübsch gebundene Ausgabe der *Pharmacopœia* und ein Exemplar von Erskines *Toxicologie*, herausgegeben von Sir Mathew Reid, dem Präsidenten der Königlichen Physikalischen Gesellschaft und einem der ältesten Mitglieder des Klubs, in den er irrtümlich an Stelle eines andern aufgenommen worden war – ein Versehen, das das Komitee so geärgert hatte, daß es, als der richtige Mann erschien, ihn einstimmig durchfallen ließ. Lord Arthur kannte sich in den Fachausdrücken der beiden Bücher gar nicht aus und begann schon bitter zu bereuen, daß er in Oxford nicht fleißiger die klassischen Sprachen studiert hatte, als er im zweiten Bande von Erskine einen sehr interessanten und vollständigen Bericht über die Eigenschaften des Akonits fand, der ziemlich klar geschrieben war. Das schien ihm gerade das Gift zu sein, das er brauchte. Es wirkte schnell – seine Wirkung wurde sogar augenblicklich genannt –, vollkommen schmerzlos, und, wenn man es in einer Gelatinekapsel nahm, wie dies Sir Mathew empfahl, schmeckte es keineswegs unangenehm. Er notierte sich also auf seiner Manschette die für einen letalen Ausgang notwendige Dosis, stellte die Bücher auf ihren Platz zurück und schlenderte in die St. James Street zu *Pestle & Humbey's*, dem großen Chemikaliengeschäft. Mr. Pestle, der die Aristokratie immer selbst bediente, war einigermaßen überrascht über den Auftrag und murmelte in sehr untertäniger Weise etwas über die Notwendigkeit einer ärztlichen Verordnung.

Als ihm aber Lord Arthur erklärte, daß er das Gift für eine große dänische Dogge brauche, die er töten müsse, weil sie Zeichen beginnender Tollwut zeige und den Kutscher bereits zweimal in die Wade gebissen habe, war er vollkommen zufriedengestellt, beglückwünschte Lord Arthur zu seinen ausgezeichneten Kenntnissen in der Toxicologie und ließ das Gewünschte sofort herstellen.

Lord Arthur legte die Kapsel in eine hübsche, kleine Silberbonbonniere, die er in der Bond Street in einer Auslage sah, warf die häßliche Pillenschachtel von *Pestle & Humbey's* weg und fuhr sofort zu Lady Clementina.

»Ei, *Monsieur le mauvais sujet!*« rief die alte Dame, als er ins Zimmer trat. »Warum hast du dich denn so lange nicht bei mir blicken lassen?«

»Meine teure Lady Clem, ich hatte wirklich keinen Augenblick Zeit«, sagte Lord Arthur und lächelte.

»Willst du damit vielleicht sagen, daß du den ganzen Tag herumläufst, um mit Sybil Merton Einkäufe zu machen und Unsinn zu schwatzen? Ich verstehe gar nicht, warum die Menschen soviel Wesens davon machen, wenn sie heiraten. Zu meiner Zeit dachte kein Mensch daran, aus diesem Anlaß öffentlich oder heimlich zu girren und zu schnäbeln.«

»Ich versichere dich, ich habe Sybil seit vierundzwanzig Stunden nicht gesehen, Lady Clem. Soweit ich in Erfahrung bringen konnte, ist sie ganz und gar in den Händen ihrer Modistinnen.«

»Natürlich – das ist auch der einzige Grund, warum du einer alten, häßlichen Frau wie mir einen Besuch machst! Daß ihr Männer euch doch nicht warnen laßt! *On a fait des folies pour moi* – und heute sitze ich da, ein armes rheumatisches Wesen mit einem falschen Scheitel und schlechter Laune! ... Wahrhaftig, wenn mir nicht die liebe Lady Jansen die schlechtesten französischen Romane schickte, die sie auftreiben kann, ich wüßte nicht, was ich mit meinem Tag anfangen sollte. Ärzte taugen gar nichts, höchstens Honorare können sie einem abpressen. Nicht einmal mein Sodbrennen können sie heilen.«

»Ich habe dir ein Mittel dagegen mitgebracht, Lady Clem«, sagte Lord Arthur ernst. »Ein ganz ausgezeichnetes Mittel. Ein Amerikaner hat es erfunden.«

»Weißt du, ich liebe amerikanische Erfindungen nicht sehr, Arthur. Eigentlich ganz und gar nicht. Neulich habe ich ein paar amerikanische Romane gelesen, die waren der reine Unsinn.«

»Dies Mittel ist aber durchaus nicht unsinnig, Lady Clem. Ich versichere dich, es wirkt außerordentlich. Du mußt mir versprechen, es zu versuchen.« Und Lord Arthur zog die kleine Büchse aus der Tasche und übergab sie ihr.

»Die Büchse ist wirklich reizend, Arthur. Ist das ein Geschenk? Das ist aber wirklich lieb von dir. Und das ist das Wundermittel? Es sieht aus wie ein Bonbon. Ich werd' es gleich mal nehmen.«

»Um Gottes willen, Lady Clem«, rief Lord Arthur und hielt ihre Hand fest. »Tu das nicht. Es ist ein homöopathisches Mittel. Wenn du es nimmst, ohne Sodbrennen zu haben, kann es dir nur schaden. Du mußt warten, bis du einen Anfall hast, und es dann nehmen. Der Erfolg wird dich überraschen.«

»Ich möchte es aber gleich nehmen«, sagte Lady Clementina und hielt die kleine, durchsichtige Kapsel mit dem darin schwimmenden Tropfen Akonit gegen das Licht. »Es schmeckt gewiß ausgezeichnet. Doktoren hasse ich, aber einnehmen tue ich ganz gern. Also meinetwegen, ich werde mir's aufheben bis zum nächsten Anfall.«

»Und wann wird der sein?« fragte Lord Arthur eifrig. »Bald?«

»Ich hoffe, diese Woche nicht mehr. Gestern früh ging es mir sehr schlecht. Aber man weiß ja nie.«

»Aber du wirst doch sicher noch einen Anfall vor Ende des Monats haben, Lady Clem?«

»Das befürchte ich leider. Aber wie mitfühlend du heute bist, Arthur! Sybil hat wirklich einen sehr guten Einfluß auf dich! Jetzt mußt du aber gehen, denn ich habe ein paar sehr langweilige Menschen zum Essen eingeladen, die nicht die geringste Skandalgeschichte kennen, und wenn ich jetzt nicht mein Schläfchen mache, bin ich bestimmt nicht imstande, während des Essens wachzubleiben. Leb wohl, Arthur, grüß Sybil von mir und vielen Dank für das amerikanische Mittel.«

»Du wirst nicht vergessen, es zu nehmen, Lady Clem, nicht wahr?« sagte Lord Arthur und stand von seinem Stuhl auf.

»Gewiß nicht, mein Junge. Es war sehr nett von dir, daß du an mich gedacht hast, und ich werde dir schreiben, wenn ich noch mehr davon nötig habe!«

Lord Arthur verließ das Haus in froher Laune und mit dem Gefühl ungeheurer Erleichterung.

Am Abend hatte er eine Unterredung mit Sybil Merton. Er sagte ihr, daß er plötzlich in eine furchtbar schwierige Situation geraten sei, von der weder Ehre noch Pflicht ihm zurückzutreten gestatte. Er sagte ihr, daß die Hochzeit verschoben werden müsse, denn ehe er sich nicht aus seinen furchtbaren Verpflichtungen gelöst habe, sei er kein freier Mann. Er bat sie, ihm zu vertrauen und wegen der Zukunft keine Zweifel zu hegen. Alles würde wieder in Ordnung kommen, nur Geduld sei notwendig.

Das Gespräch fand im Wintergarten bei Mertons in Park Lane statt, wo Lord Arthur, wie gewöhnlich, zum Diner geblieben war. Sybil war ihm nie glückstrahlender erschienen, und einen Augenblick war Lord Arthur versucht gewesen, feige zu sein, an Lady Clementina wegen der Pille zu schreiben und es bei dem festgesetzten Hochzeitstermine zu lassen, als ob es überhaupt keinen Menschen namens Podgers auf der Welt gäbe. Aber sein besseres Ich gewann doch die Oberhand, und selbst als Sybil sich ihm weinend in die Arme warf, wurde er nicht schwach. Ihre Schönheit, die seine Sinne erregte, rührte auch an sein Gewissen. Er fühlte, daß es unrecht wäre, ein so herrliches Leben um einiger Monate willen zu zerstören.

Er blieb fast bis Mitternacht mit Sybil beisammen, tröstete sie und ließ sich von ihr trösten. Am nächsten Morgen reiste er nach Venedig, nachdem er in einem männlich entschlossenen Briefe Mr. Merton die notwendige Verschiebung der Hochzeit mitgeteilt hatte.

IV

In Venedig traf er seinen Bruder, Lord Surbiton, der eben in seiner Yacht von Korfu angekommen war. Die beiden jungen Leute verbrachten zwei wundervolle Wochen zusammen. Des Morgens ritten sie auf dem Lido oder glitten in ihrer schwarzen Gondel die grünen Kanäle auf und ab. Am Nachmittag empfingen sie Besuche auf ihrer Yacht. Und am Abend dinierten sie bei Florian und rauchten ungezählte Zigaretten auf der Piazza. Aber Lord Arthur war nicht glücklich. Jeden Tag studierte er die Totenliste in der *Times*, immer in der Erwartung, auf Lady Clementinens Todesnachricht zu stoßen, aber jeden Tag wurde er enttäuscht. Er begann zu fürchten, daß ihr irgendein Unfall zugestoßen sei, und bedauerte oft, daß er sie daran gehindert hatte, das Akonit zu nehmen, als sie so begierig darauf war, die Wirkung des Mittels zu erproben. Auch Sybils Briefe, so voll von Liebe, Vertrauen und Zärtlichkeit sie auch waren, klangen oft sehr traurig, und manchmal war ihm zumute, als sei er von ihr für ewig geschieden.

Nach vierzehn Tagen hatte Lord Surbiton von Venedig genug und beschloß, längs der Küste nach Ravenna zu fahren, da er gehört hatte, es gäbe dort wundervolle Gelegenheit, Wasserhühner zu schießen. Lord Arthur weigerte sich anfangs entschieden mitzukommen, aber Surbiton, den er sehr gern hatte, überzeugte ihn schließlich, daß er, wenn er allein bei Danieli bliebe, sich unfehlbar zu Tode langweilen würde, und so fuhren sie denn am Morgen des 15. bei einer kräftigen Nordostbrise und ziemlich rauher See ab. Die Jagd war ausgezeichnet, und das Leben in freier Luft färbte Lord Arthurs Wangen wieder; aber um den 22. herum wurde er wieder ängstlich wegen Lady Clementina, und Surbitons Gegenvorstellungen zum Trotz reiste er mit der Bahn nach Venedig zurück.

Als er vor den Stufen des Hotels aus der Gondel stieg, kam ihm der Hotelwirt mit einem Haufen Telegramme entgegen. Lord Arthur riß sie ihm aus der Hand und öffnete sie. Alles war nach Wunsch gegangen. Lady Clementina war ganz plötzlich in der Nacht des 17. gestorben.

Sein erster Gedanke galt Sybil, und er telegraphierte ihr, daß er sofort nach London zurückkehre. Dann befahl er seinem Kammerdiener, alles für den Nachtzug einzupacken, schickte dem Gondoliere etwa das Fünffache der Taxe und eilte leichtfüßig und frohen Herzens auf sein Zimmer. Dort erwarteten ihn drei Briefe. Der eine war von Sybil, voller Sympathie und Teilnahme, die anderen waren von seiner Mutter und von Lady Clementinens Anwalt. Es schien, daß die alte Dame noch am Abend mit der Herzogin gespeist hatte; sie hatte alle Welt durch ihren Witz und Geist entzückt, war aber frühzeitig nach Hause gegangen, da sie über Sodbrennen klagte. Des Morgens fand man sie tot in ihrem Bette. Sie hatte offenbar keinerlei Schmerz erduldet. Man hatte sofort nach Sir Mathew Reid geschickt, aber es war natürlich nichts mehr zu machen gewesen, und so sollte sie am 22. in Beauchamp Chalcote begraben werden. Einige Tage vor ihrem Tode hatte sie ihr Testament gemacht. Sie hinterließ Lord Arthur ihr kleines Haus in der Curzon Street mit seiner ganzen Einrichtung, mit ihrem ganzen persönlichen Besitz und allen Gemälden mit Ausnahme ihrer Miniaturensammlung, die sie ihrer Schwester, Lady Margarete Ruffort, vermachte, und ihres Amethystenkolliers, das Sybil Merton erhalten sollte. Der Besitz hatte keinen großen Wert. Aber Mr. Mansfield, der Anwalt, drängte, daß Lord Arthur so rasch als möglich heimkehre, da eine ganze Menge Rechnungen zu bezahlen wären, weil Lady Clementina nie rechte Ordnung in ihren Geldangelegenheiten gehalten hätte.

Lord Arthur war sehr gerührt, daß Lady Clementina so gütig seiner gedacht hatte, und er fühlte, daß eigentlich nur Mr. Podgers daran schuld sei. Aber seine Liebe zu Sybil brachte jedes andere Gefühl zum Schweigen, und das Bewußtsein, seine Pflicht getan zu haben, gab ihm Ruhe und Frieden. Als er in Charing Cross ankam, fühlte er sich vollkommen glücklich. Die Mertons empfingen ihn sehr liebenswürdig. Sybil ließ sich von ihm hoch und heilig versprechen, daß er nun nichts mehr zwischen sie beide treten lassen würde, und die Hochzeit wurde auf den 7. Juni festgesetzt. Das Leben schien ihm noch einmal so hell und schön, und sein alter Frohsinn kehrte zurück.

Eines Tages aber ging er mit Lady Clementinens Anwalt und Sybil in das Haus in der Curzon Street. Er verbrannte Pakete vergilbter Briefe, und sie kramte aus Schubladen allerhand merkwürdiges Zeug. Plötzlich schrie das junge Mädchen ganz entzückt auf.

»Was hast du gefunden, Sybil?« sagte Lord Arthur und sah lächelnd auf.

»Diese entzückende kleine Silberbonbonniere, Arthur. Ist sie nicht reizend? Holländische Arbeit, nicht wahr? Sei so gut und gib sie mir. Ich weiß ja doch, daß mir Amethyste nicht stehen werden, ehe ich nicht über achtzig bin.«

Es war das Büchschen, in dem das Akonit gewesen war.

Lord Arthur schrak zusammen, und ein schwaches Rot stieg in seine Wangen. Er hatte seine Tat schon fast völlig vergessen, und es schien ihm ein merkwürdiges Zusammentreffen, daß Sybil, um derentwillen er all die furchtbare Angst durchgemacht, nun die erste war, die ihn an sie erinnerte.

»Natürlich kannst du es haben, Sybil. Ich selbst habe es Lady Clem geschenkt.«

»Oh, ich danke dir, Arthur. Und nicht wahr, ich darf das Bonbon auch haben? Ich wußte gar nicht, daß Lady Clementina Süßigkeiten gern hatte. Ich glaubte immer, sie sei dazu viel zu intellektuell.«

Lord Arthur wurde totenbleich, und ein furchtbarer Gedanke schoß ihm durchs Gehirn.

»Ein Bonbon, Sybil – was meinst du damit?« sagte er mit leiser, heiserer Stimme.

»Es ist nur eins darin, ein einziges. Aber es sieht schon ganz alt und staubig aus, und ich habe durchaus nicht die Absicht, es zu essen. Aber – was ist dir denn, Arthur, du bist ja ganz blaß geworden?!«

Lord Arthur sprang auf und ergriff das Büchschen. Darin lag die bernsteinfarbene Kapsel mit dem Gifttropfen. Lady Clementina war also eines ganz natürlichen Todes gestorben!

Die Entdeckung warf ihn fast um. Er schleuderte die Kapsel ins Feuer und sank mit einem Schrei der Verzweiflung aufs Sofa.

V

Mr. Merton war einigermaßen unwillig, als er von einer zweiten Verschiebung der Hochzeit hörte, und Lady Julia, die bereits ihre

Toilette für die Hochzeit bestellt hatte, tat alles, was in ihrer Macht lag, um Sybil zur Lösung des Verlöbnisses zu bewegen. Sosehr aber auch Sybil ihre Mutter liebte, sie hatte nun einmal ihr Leben in Arthurs Hände gelegt, und nichts, was Lady Julia auch sagen mochte, konnte ihren Glauben an ihn erschüttern. Lord Arthur brauchte Tage, bis er über die furchtbare Enttäuschung hinwegkam, und eine Zeitlang waren seine Nerven total erschöpft. Aber sein ausgezeichneter Menschenverstand machte sich bald wieder geltend, und sein gesunder, praktischer Sinn ließ ihn nicht lange darüber im Zweifel, was nun zu tun sei. Da er mit dem Gift einen so vollkommenen Mißerfolg gehabt hatte, mußte er jetzt die Sache offenbar mit Dynamit oder einem anderen Explosivstoff versuchen.

Er sah also nochmals die Liste seiner Freunde und Verwandten durch, und nach sorgfältiger Überlegung entschloß er sich, seinen Onkel, den Dechanten von Chichester, in die Luft zu sprengen. Der Dechant, ein hochgebildeter und sehr gelehrter Mann, war ein großer Liebhaber von Uhren und besaß eine wundervolle Uhrensammlung (vom fünfzehnten Jahrhundert bis zur Gegenwart), und Lord Arthur glaubte nun, daß dieses Steckenpferd des guten Dechanten ihm eine ausgezeichnete Gelegenheit biete, seinen Plan auszuführen. Wie und woher sich aber eine Höllenmaschine verschaffen – das war freilich eine andere Sache. Im Londoner Adreßbuch fand er keine Bezugsquelle dafür angegeben, und er fühlte, daß es ihm wenig nützen würde, sich an die Polizeidirektion zu wenden, da man dort über die Bewegungen der politischen Partei, die mit Dynamit argumentierte, immer erst nach einer Explosion etwas erfuhr und auch dann noch herzlich wenig.

Plötzlich dachte er an seinen Freund Rouvaloff, einen jungen Russen von höchst revolutionärer Gesinnung, den er bei Lady Windermere im Laufe des Winters kennengelernt hatte. Es hieß, daß Graf Rouvaloff eine Geschichte Peters des Großen schreibe und daß er nach England gekommen sei, um die Dokumente zu studieren, die sich auf den Aufenthalt des Zaren als Schiffszimmermann in diesem Lande beziehen. Aber man glaubte allgemein, daß er ein nihilistischer Agent sei, und zweifellos war seine Gegenwart in London der russischen Botschaft nicht sehr angenehm. Lord Arthur fühlte, daß das gerade der Mann sei, den er brauche, und so fuhr er denn eines Morgens zu ihm nach Bloomsbury, um von ihm Rat und Hilfe zu erbitten.

»Sie wollen sich also ernstlich mit Politik beschäftigen?« sagte Graf Rouvaloff, als Lord Arthur ihm den Zweck seines Besuchs genannt hatte. Aber Lord Arthur, der jede Prahlerei haßte, fühlte sich verpflichtet, ihm mitzuteilen, daß er nicht das geringste Interesse an sozialen Fragen habe und die Höllenmaschine bloß für eine Familienangelegenheit brauche, die nur ihn allein angehe.

Graf Rouvaloff sah ihn einige Augenblicke verblüfft an; als er aber dann merkte, daß Lord Arthur ganz ernsthaft blieb, schrieb er eine Adresse auf ein Stück Papier, zeichnete es mit seinen Anfangsbuchstaben und reichte es ihm dann über den Tisch hinüber.

»Die Polizei würde ein hübsches Stück Geld dafür bezahlen, diese Adresse zu erfahren, mein lieber Freund.«

»Aber sie soll sie nicht kriegen«, lachte Lord Arthur. Er schüttelte dem Russen die Hand, lief die Treppe hinunter und befahl, nachdem er einen Blick auf das Papier geworfen hatte, dem Kutscher, nach dem Soho Square zu fahren.

Dort schickte er den Wagen weg und ging die Greek Street hinunter, bis er zu einem Platze kam, der Bayle's Court genannt wird. Er ging durch den Torweg und befand sich in einer merkwürdigen Sackgasse, in der sich offenbar eine Wäscherei befand, denn ein Netzwerk von Wäscheleinen war von Haus zu Haus gespannt, und weiße Wäsche flatterte in der Morgenluft. Er ging bis zum Ende der Sackgasse und klopfte an ein kleines, grünes Haus. Nach einiger Zeit, während der an jedem Fenster des Hofes ein dichter Schwarm neugieriger Gesichter erschien, wurde die Tür von einem Ausländer mit groben Zügen geöffnet, der ihn in einem sehr schlechten Englisch fragte, was er wünsche. Lord Arthur reichte ihm das Papier, das Graf Rouvaloff ihm gegeben hatte. Als der Mann es sah, verbeugte er sich tief und bat Lord Arthur, in ein sehr schäbiges Zimmer zu ebener Erde einzutreten; einige Minuten später trat geschäftig Herr Winckelkopf, wie er in England genannt wurde, ins Zimmer, mit einer fleckigen Serviette um den Hals und einer Gabel in der Hand.

»Graf Rouvaloff hat mir eine Empfehlung an Sie gegeben«, sagte Lord Arthur mit einer leichten Verbeugung. »Und ich möchte gern in einer geschäftlichen Angelegenheit eine kurze Unterredung mit Ihnen haben. Mein Name ist Smith, Robert Smith, und ich möchte mir bei Ihnen eine Explosionsuhr verschaffen.«

»Es freut mich sehr, Sie zu sehen, Lord Arthur«, sagte der muntere, kleine Deutsche lachend. »Blicken Sie nicht so bestürzt drein. Es ist meine Pflicht, jedermann zu kennen, und ich erinnere mich, Sie eines Abends bei Lady Windermere gesehen zu haben. Die Gnädige befindet sich doch hoffentlich wohl?... Wollen Sie mir nicht das Vergnügen machen, mir Gesellschaft zu leisten, indes ich mein Frühstück beende? Es gibt eine wundervolle Pastete, und meine Freunde behaupten, daß mein Rheinwein besser ist als irgendein Tropfen auf der deutschen Botschaft.«

Und ehe Lord Arthur seine Überraschung, erkannt worden zu sein, überwunden hatte, saß er schon im Hinterzimmer, schlürfte den köstlichsten Markobrunner aus einem blaßgelben Römer mit dem kaiserlichen Monogramm und plauderte in der freundschaftlichsten Weise mit dem berühmten Verschwörer.

»Explosionsuhren«, sagte Herr Winkelkopf, »eignen sich nicht sehr für den Export ins Ausland. Selbst wenn es ihnen gelingt, den Zoll zu passieren, ist der Bahndienst so unregelmäßig, daß sie gewöhnlich losgehen, bevor sie ihren Bestimmungsort erreicht haben. Wenn Sie aber so etwas für den eigenen Bedarf nötig haben, kann ich mit einer ausgezeichneten Ware dienen und garantiere Ihnen, daß Sie mit der Wirkung zufrieden sein werden. Darf ich fragen, für wen das Ding bestimmt ist? Sollte es für die Polizei bestimmt sein oder für irgend jemand, der mit der Polizeidirektion in Verbindung steht, so kann ich zu meinem großen Leidwesen nichts für Sie tun. Die englischen Detektive sind in der Tat unsere besten Freunde, und ich habe immer gefunden, daß wir tun können, was wir wollen, wenn wir uns nur auf ihre Dummheit verlassen. Ich möchte keinen von ihnen missen.«

»Ich versichere Sie«, sagte Lord Arthur, »daß die Sache mit der Polizei nicht das geringste zu schaffen hat. Die Uhr ist für den Dechanten von Chichester bestimmt.«

»O du meine Güte! Ich hätte gar nicht gedacht, daß Sie in religiösen Fragen so radikale Ansichten haben, Lord Arthur! Nur wenige junge Leute denken heute so.«

»Ich fürchte, Sie überschätzen mich, Herr Winckelkopf«, sagte Lord Arthur und errötete. »Ich kümmere mich gar nicht um theologische Dinge.«

»So handelt es sich also um eine reine Privatsache?«

»Um eine reine Privatsache!«

Herr Winckelkopf zuckte die Achseln, verließ das Zimmer und kam nach einigen Minuten zurück mit einer runden Dynamitpatrone in der Größe eines Pennystückes und einer hübschen, kleinen, französischen Uhr, auf der eine vergoldete Figur der Freiheit stand, die mit dem Fuß die Hydra des Despotismus zertrat.

Lord Arthurs Gesicht leuchtete auf, als er die Uhr sah. »Das ist gerade, was ich brauche. Nun sagen Sie mir nur, wie die Geschichte losgeht.«

»Ach – das ist mein Geheimnis«, sagte Herr Winckelkopf, indem er seine Erfindung mit einem Blick berechtigten Stolzes betrachtete. »Sagen Sie mir nur, wann die Uhr explodieren soll, dann werde ich die Maschine auf die Sekunde einstellen.«

»Also heute ist Dienstag, und wenn Sie die Uhr gleich wegschicken können?...«

»Das ist unmöglich. Ich habe für einige Freunde in Moskau eine Menge wichtiger Sachen zu erledigen. Aber ich kann sie morgen wegschicken.«

»Oh, das ist früh genug«, sagte Lord Arthur höflich. »Dann wird sie morgen abend oder Donnerstag früh zugestellt. Also nehmen wir als Moment der Explosion Freitag Punkt zwölf Uhr mittag. Um diese Stunde ist der Dechant immer zu Hause.«

»Freitag mittag«, wiederholte Herr Winckelkopf und machte eine Notiz in ein großes Hauptbuch, das auf einem Schreibtisch beim Kamine lag.

»Und nun lassen Sie mich wissen«, sagte Lord Arthur, von seinem Sitze aufstehend, »was ich Ihnen schuldig bin.«

»Es ist eine solche Kleinigkeit, Lord Arthur, daß ich nichts daran verdienen will. Das Dynamit kommt auf sieben Schilling Sixpence, die Uhr macht drei Pfund zehn, Emballage und Porto fünf Schilling. Es ist mir ein Vergnügen, einem Freund des Grafen Rouvaloff gefällig zu sein!«

»Und Ihre Mühe, Herr Winckelkopf?«

»Oh – durchaus nicht! Es ist mir wirklich ein Vergnügen. Ich arbeite nicht für Geld. Ich lebe nur für meine Kunst.«

Lord Arthur legte vier Pfund, zwei Schilling und sechs Pence auf den Tisch, dankte dem kleinen deutschen Herrn für seine Liebenswürdigkeit, und nachdem es ihm gelungen war, eine Einladung zu einem kleinen Anarchistentee für den nächsten Sonnabend abzulehnen, verließ er das Haus und ging in den Park.

In den nächsten zwei Tagen war er in einem Zustand höchster Erregung, und Freitag um zwölf Uhr fuhr er in seinen Klub, um auf Nachrichten zu warten. Den ganzen Nachmittag schlug der dumme Portier Telegramme aus allen Teilen des Landes an, mit Resultaten von Pferderennen, Urteilen in Ehescheidungssachen, dem Wetterbericht und ähnlichen Dingen, während auf dem schmalen Band im Telegraphenapparat langweilige Details über eine Nachtsitzung im Unterhause und eine kleine Panik an der Börse erschienen. Um vier Uhr kamen die Abendblätter, und Lord Arthur verschwand in der Bibliothek mit der *Pall Mall*, der *St. James Gazette*, dem *Globus* und dem *Echo* unter dem Arm, zur ungeheueren Entrüstung des Colonel Goodchild, der den Bericht über die Rede lesen wollte, die er am Morgen im Mansion House gehalten hatte – über das Thema der südafrikanischen Missionen und über die Zweckmäßigkeit schwarzer Bischöfe in jeder Provinz –, und der aus irgendeinem Grunde ein tiefes Vorurteil gegen die *Evening News* hatte. Aber keine der Zeitungen enthielt die geringste Anspielung auf Chichester, und Lord Arthur fühlte, daß das Attentat mißlungen sein müsse. Das war ein furchtbarer Schlag für ihn, und eine Zeitlang fühlte er sich ganz niedergedrückt. Herr Winckelkopf, den er am nächsten Tage aufsuchte, erging sich in Entschuldigungen und bot ihm zum Ersatz ganz kostenlos eine andere Uhr an oder eine Schachtel mit Nitroglyzerinbomben zum Selbstkostenpreis. Aber Lord Arthur hatte alles Vertrauen zu den Sprengstoffen verloren, und Herr Winckelkopf selbst gab zu, daß heutzutage alles so verfälscht werde, daß man selbst Dynamit kaum in gutem Zustande erhalten könne. Der kleine deutsche Herr räumte zwar ein, daß etwas in der Maschinerie nicht gestimmt haben müsse, aber er gab die Hoffnung doch nicht auf, daß die Uhr noch losgehen könnte, und zitierte als Beispiel ein Barometer, das er einmal an den Militärgouverneur von Odessa geschickt habe und das so eingestellt worden war, daß es in zehn Tagen explodieren sollte, aber erst nach etwa drei Monaten losging. Allerdings wurde, als das Barometer endlich losging, nur ein Hausmädchen in Stücke zerrissen, denn der Gouverneur hatte die Stadt bereits seit sechs Wochen verlassen. Aber es war dadurch doch wenigstens festgestellt, daß Dynamit als zerstörende Kraft unter der Kontrolle der Maschine ein mächtiger, wenn auch etwas unpünktlich wirkender Faktor ist. Lord Arthur war durch die Bemerkung einigermaßen getröstet, aber auch hier drohte ihm bald eine Enttäuschung, denn als er zwei Tage später die Treppe hinaufstieg, rief ihn die Herzogin in ihr *Boudoir* und zeigte ihm einen Brief, den sie aus dem Dechanat erhalten hatte. »Jane schreibt entzückende Briefe«, sagte die Herzogin. »Du mußt wirklich ihren letzten lesen. Er ist genauso gut wie die Romane, die wir aus der Leihbibliothek bekommen.«

Lord Arthur riß ihr den Brief aus der Hand. Er lautete folgendermaßen:

»Dechanat   Chichester,
den 27. Mai.

Teuerste Tante!

Ich danke Dir vielmals für den Flanell für die Dorcas-Gesellschaft und auch für das Baumwollzeug. Ich bin ganz Deiner Meinung, daß es Unsinn ist, wenn die Leute hübsche Sachen tragen wollen, aber alle sind nun einmal heute so radikal und unreligiös, daß es ihnen schwer begreiflich zu machen ist, wie unpassend es ist, sich so zu kleiden wie die besseren Klassen. Ich weiß wirklich nicht, wohin wir noch kommen werden. Wie Papa so oft in seinen Predigten sagt: wir leben in einer Zeit des Unglaubens.

Wir haben großen Spaß mit einer Uhr gehabt, die ein unbekannter Verehrer am letzten Donnerstag Papa geschickt hat. Sie kam in einer frankierten Holzschachtel aus London. Papa meint, der Absender müsse jemand sein, der seine bemerkenswerte Predigt: ›Ist Zügellosigkeit Freiheit?‹ gelesen hat, denn auf der Uhr steht die Figur eines Frauenzimmers, und Papa sagte, daß sie die Freiheitsmütze auf dem Kopfe trage. Ich fand die Figur nicht gerade sehr passend, aber Papa sagte, sie sei historisch, und so ist wohl alles in Ordnung. Parker packte die Uhr aus, und Papa stellte sie auf den Kaminsims im Bibliothekszimmer. Dort saßen wir alle Freitag vormittag, und gerade, als die Uhr zwölf schlug, hörten wir ein schnarrendes Geräusch. Eine kleine Rauchwolke kam aus dem Postament der Figur, die Göttin der Freiheit fiel herunter, und ihre Nase zerbrach am Kaminvorsetzer. Marie war ganz außer sich, aber die Sache war so komisch, daß James und ich in Lachen ausbrachen und auch Papa seinen Spaß daran hatte. Als wir die Geschichte näher untersuchten, fanden wir, daß die Uhr eine Art Weckuhr ist. Wenn man sie auf eine bestimmte Stunde einstellt und ein bißchen Schießpulver und ein Zündhütchen unter einen kleinen Hammer legt, geht sie los, wann man will. Papa sagte, sie dürfe nicht im Bibliothekszimmer bleiben, weil sie zuviel Lärm mache. So nahm sie Reinhold mit ins Schulzimmer und macht dort den ganzen Tag nichts als kleine Explosionen. Glaubst Du, daß Arthur sich über so eine Uhr als Hochzeitsgeschenk freuen würde? Ich glaube, daß diese Uhren in London jetzt in Mode sind. Papa meint, daß sie sehr viel Gutes stiften könnten, denn sie zeigten, daß die Freiheit keinen Bestand habe, sondern fallen müsse. Papa sagt, daß die Freiheit zur Zeit der Französischen Revolution erfunden worden ist. Wie schrecklich!...

Ich gehe jetzt in die Dorcas-Gesellschaft, wo ich den Leuten Deinen sehr lehrreichen Brief vorlesen werde. Wie wahr, liebe Tante, ist doch Dein Gedanke, daß sie in ihrer Lebensstellung keine gutsitzenden Kleider zu tragen brauchen. Ich muß wirklich sagen, daß ihre Sorge für die Kleidung einfach unsinnig ist, da es doch so viele wichtigere Dinge gibt, sowohl in dieser Welt wie in jener. Ich freue mich sehr, daß der geblümte Popelin so gut gehalten hat und daß Deine Spitzen nicht zerrissen sind. Ich werde jetzt die gelbe Seide tragen, die Du so lieb warst mir zu schenken – bei Bischofs am Mittwoch –, und ich glaube, sie wird sich sehr gut machen. Meinst Du, daß ich Schleifen nehmen soll oder nicht? Jennings sagt, daß jetzt alle Welt Schleifen trägt und daß der *Jupon* plissiert sein müsse. Gerade hat Reinhold wieder eine Explosion gemacht, und Papa hat befohlen, daß die Uhr in den Stall geschafft wird. Ich glaube, daß Papa sie nicht mehr so gern hat wie anfangs, obwohl er sich sehr geschmeichelt fühlt, daß man ihm solch ein hübsches und geistvolles Spielzeug geschickt hat. Es zeigt eben wieder, daß die Leute seine Predigten lesen und Nutzen aus ihnen ziehen.

Papa schickt beste Grüße, ebenso James, Reinhold und Maria. Ich hoffe, daß es Onkel Cecil mit seiner Gicht besser geht, und bleibe, teure Tante, Deine Dich innigst liebende Nichte

Jane Percy.

P.S. Bitte sage mir Deine Meinung über die Schleifen. Jennings bleibt dabei, daß sie Mode sind.«

Lord Arthur blickte so ernst und unglücklich auf den Brief, daß die Herzogin in Lachen ausbrach.

»Mein lieber Arthur«, rief sie. »Ich werde dir nie wieder Briefe von jungen Damen zeigen. Was soll ich aber zu der Uhr sagen? Das ist ja eine großartige Erfindung, ich möchte auch so eine haben.«

»Ich halte nicht viel davon«, sagte Lord Arthur mit einem traurigen Lächeln, küßte seiner Mutter die Hand und verließ das Zimmer.

Als er oben in seinem Zimmer war, streckte er sich auf das Sofa, und seine Augen füllten sich mit Tränen. Er hatte getan, was in seinen Kräften stand, um einen Mord zu begehen, aber beide Male war es ihm mißlungen, und nicht durch seine Schuld. Er hatte versucht, seine Pflicht zu tun, aber es schien, als ob das Schicksal sich selbst untreu geworden wäre. Ihn bedrückte die Erkenntnis, daß gute Vorsätze nutzlos waren, daß jeder Versuch, korrekt zu sein, vergeblich war. Vielleicht wäre es besser, das Verlöbnis ein für allemal zu lösen? Gewiß – Sybil würde leiden, aber Leid konnte einer so edlen Natur wie der ihren nichts anhaben. Und er selbst? Es gibt immer einen Krieg, in dem ein Mann sterben kann, immer eine Sache, für die ein Mann sein Leben opfern kann, und da das Leben keine Freude mehr für ihn hatte, hatte der Tod keinen Schrecken mehr für ihn. Das Schicksal sollte nur selbst sein Urteil vollziehen – er würde keinen Finger mehr rühren, ihm dabei zu helfen!...

Um halb acht kleidete er sich an und ging in den Klub. Surbiton war da mit einer Menge junger Leute, und er mußte mit ihnen speisen. Ihr triviales Gespräch und ihre faulen Witze interessierten ihn nicht, und als der Kaffee aufgetragen worden war, erfand er eine Verabredung, um fortzukommen. Als er den Klub verlassen wollte, übergab ihm der Portier einen Brief. Er war von Herrn Winckelkopf, der ihn einlud, ihn am nächsten Abend zu besuchen und sich einen Explosivschirm anzusehen, der losging, wenn man ihn öffnete. Es sei die allerneueste Erfindung und eben erst aus Genf gekommen. Er riß den Brief in Stücke. Er war entschlossen, keine weiteren Versuche mehr zu machen. Dann ging er hinunter zum Themseufer und saß stundenlang am Fluß. Der Mond blickte durch eine Mähne lohfarbener Wolken wie das Auge eines Löwen, und zahllose Sterne funkelten im weiten Raum wie Goldstaub, ausgestreut über eine purpurne Kuppel. Dann und wann schaukelte eine Barke auf dem trüben Strom und schwamm dahin mit der Flut, und die Eisenbahn-signale wechselten von Grün zu Rot, wenn die Züge ratternd über die Brücke fuhren. Nach einiger Zeit schlug es zwölf Uhr vom hohen Westminsterturm, und bei jedem Tone der dröhnenden Glocke schien die Nacht zu erzittern. Dann erloschen die Eisenbahnlichter, nur eine einsame Lampe brannte weiter und glühte wie ein großer Rubin an einem Riesenmast, und der Lärm der Stadt wurde schwächer.

Um zwei Uhr stand er auf und schlenderte in der Richtung nach Blackfriars zu. Wie unwirklich alles aussah! Wie in einem seltsamen Traum! Die Häuser auf der anderen Seite des Flusses schienen aus der Finsternis emporzuwachsen. Es war, als hätten Silber und Schatten die Welt neu geformt. Die mächtige Kuppel von St. Paul ragte undeutlich aus der dunklen Luft auf wie eine Wasserblase.

Als er sich Cleopatra's Needle näherte, sah er einen Mann über die Brüstung gelehnt, und als er näher kam, blickte der Mann auf, und das Licht einer Gaslaterne fiel voll auf sein Gesicht.

Es war Mr. Podgers, der Chiromant! Das fette, schlaffe Gesicht, die goldene Brille, das matte Lächeln, der sinnliche Mund waren nicht zu verkennen.

Lord Arthur blieb stehen. Eine glänzende Idee zuckte ihm durch den Kopf, und leise trat er hinter Mr. Podgers. Im Nu hatte er ihn bei den Füßen gepackt und in die Themse geworfen. Ein rauher Fluch, ein hohes Aufspritzen – dann war alles still. Lord Arthur blickte ängstlich nach unten, aber er sah vom Chiromanten nichts mehr als einen hohen Hut, der sich in einem Wirbel des mondbeschienenen Wassers drehte. Nach einiger Zeit versank auch der Hut, und keine Spur von Mr. Podgers war mehr sichtbar. Einen Augenblick glaubte er zu sehen, wie die dicke, unförmige Gestalt aus dem Wasser nach der Treppe bei der Brücke griff, und eine furchtbare Angst, daß wieder alles mißlungen sei, überkam ihn, aber es stellte sich als eine bloße Einbildung heraus, die vorüberging, als der Mond hinter einer Wolke hervortrat. Endlich schien er die Bestimmung des Schicksals erfüllt zu haben! Ein tiefer Seufzer der Erleichterung hob seine Brust, und Sybils Namen kam auf seine Lippen.

»Haben Sie etwas fallen lassen, Sir?« sagte plötzlich eine Stimme hinter ihm.

Er wandte sich um und sah einen Polizisten mit einer Blendlaterne.

»Nichts von Bedeutung, Wachtmeister!« antwortete er lächelnd, rief einen vorüberfahrenden Wagen an, sprang hinein und befahl dem Kutscher, nach dem Belgrave Square zu fahren.

Während der nächsten Tage schwankte er zwischen Hoffnung und Furcht. Es gab Augenblicke, in denen er fast glaubte, Mr. Podgers müsse jetzt ins Zimmer treten, und dann fühlte er wieder, daß das Schicksal nicht so ungerecht gegen ihn sein könne. Zweimal ging er zur Wohnung des Chiromanten in der West Moon Street, aber er brachte es nicht über sich, die Glocke zu ziehen. Er sehnte sich nach Gewißheit und fürchtete sie gleichzeitig.

Endlich kam die Gewißheit. Er saß im Rauchzimmer seines Klubs, trank seinen Tee und hörte zerstreut zu, wie Surbiton vom letzten *Couplet* in der Gaiety erzählte, als der Diener mit den Abendblättern hereinkam. Er nahm die *St. James Gazette* zur Hand und blätterte verdrossen darin, als eine merkwürdige Überschrift seinen Blick fesselte:

Selbstmord eines Chiromanten.

Er wurde blaß vor Aufregung und begann zu lesen. Der Artikel lautete:

Gestern früh um sieben Uhr ist der Leichnam des Mr. Septimus R. Podgers, des berühmten Chiromanten, bei Greenwich, gerade gegenüber dem Shiphotel, ans Ufer gespült worden. Der Unglückliche wurde seit einigen Tagen vermißt, und in chiromantischen Kreisen war man seinetwegen in größter Besorgnis. Es ist anzunehmen, daß er infolge einer durch Überarbeitung verursachten geistigen Störung Selbstmord begangen hat, und in diesem Sinne hat sich auch heute nachmittag die Totenschaukommission ausgesprochen. Mr. Podgers hatte soeben eine große Abhandlung über die menschliche Hand vollendet, die demnächst erscheinen und gewiß großes Aufsehen erregen wird. Der Verstorbene war 65 Jahre alt, und es scheint, daß er keine Verwandten hinterlassen hat.

Lord Arthur stürzte aus dem Klub, die Zeitung noch immer in der Hand, zur großen Verwunderung des Portiers, der ihn vergeblich aufzuhalten suchte, und fuhr sofort nach Park Lane. Sybil sah ihn vom Fenster aus kommen, und eine innere Stimme sagte ihr, daß er gute Nachrichten bringe. Sie lief hinunter, ihm entgegen, und als sie sein Gesicht sah, wußte sie, daß alles gut stünde.

»Meine liebe Sybil«, rief Lord Arthur. »Wir heiraten morgen!«

»Du dummer Bub – die Hochzeitskuchen sind ja noch nicht einmal bestellt!« sagte Sybil und lachte unter Tränen.

VI

Als drei Wochen später die Hochzeit stattfand, war St. Peter gedrängt voll von einer wahren Horde eleganter Leute. Der Dechant von Chichester vollzog die heilige Handlung in eindrucksvollster Weise, und alle Welt war einig, daß man nie ein hübscheres Paar gesehen habe als Braut und Bräutigam. Aber sie waren mehr als hübsch, denn sie waren glücklich. Keinen Augenblick bedauerte Lord Arthur, was er um Sybils willen alles erlitten hatte, während sie ihrerseits ihm das Beste gab, was eine Frau einem Mann geben kann: Anbetung, Zärtlichkeit und Liebe. Für sie beide hatte die Realität des Lebens seine Romantik nicht getötet. Sie fühlten sich immer jung.

Einige Jahre später, als ihnen bereits zwei schöne Kinder geboren waren, kam Lady Windermere zu Besuch nach Alton Priory, einem entzückenden alten Schloß, das der Herzog seinem Sohne zur Hochzeit geschenkt hatte. Und als sie eines Nachmittags mit Lady Arthur unter einer Linde im Garten saß und zusah, wie das Bübchen und das kleine Mädchen gleich munteren Sonnenstrahlen auf dem Rosenweg spielten, nahm sie plötzlich die Hände der jungen Frau in die ihren und sagte:

»Sind Sie glücklich, Sybil?«

»Teuerste Lady Windermere, natürlich bin ich glücklich. Sind Sie es nicht?«

»Ich habe keine Zeit, glücklich zu sein, Sybil. Ich habe immer den letzten Menschen gern, den man mir vorstellt. Aber gewöhnlich habe ich gleich von den Leuten genug, wenn ich sie näher kennenlerne.«

»Ihre Löwen genügen Ihnen also nicht mehr, Lady Windermere?«

»O Gott, nein. Löwen sind höchstens gut für eine Saison. Sind einmal ihre Mähnen geschnitten, sind sie die dümmsten Wesen auf Erden. Überdies benehmen sie sich meist sehr schlecht, wenn man nett zu ihnen ist. Erinnern Sie sich noch an den gräßlichen Mr. Podgers? Er war ein schrecklicher Schwindler. Natürlich ließ ich mir nichts merken, und selbst wenn er Geld von mir borgte, verzieh ich ihm – nur, daß er mir den Hof machte, konnte ich nicht vertragen. Er hat es tatsächlich so weit gebracht, daß ich die Chiromantie hasse. Ich schwärme jetzt für Telepathie – das ist viel amüsanter.«

»Sie dürfen hier nichts gegen die Chiromantie sagen, Lady Windermere. Das ist der einzige Gegenstand, auf den Arthur nichts kommen läßt. Ich versichere Sie, daß es ihm damit vollkommen ernst ist.«

»Sie wollen doch damit nicht etwa sagen, daß er wirklich daran glaubt, Sybil?«

»Fragen Sie ihn doch selbst, Lady Windermere – da ist er.« Lord Arthur kam den Garten herauf mit einem großen Strauß gelber Rosen in der Hand, und seine zwei Kinder umtanzten ihn.

»Lord Arthur!«

»Ja, Lady Windermere.«

»Wollen Sie mir wirklich einreden, daß Sie an Chiromantie glauben?«

»Ganz gewiß glaube ich daran!« antwortete der junge Mann lächelnd.

»Aber warum denn?«

»Weil ich der Chiromantie das ganze Glück meines Lebens verdanke«, murmelte er und setzte sich in einen Korbsessel.

»Was verdanken Sie ihr, lieber Lord Arthur?«

»Sybil«, antwortete er und überreichte seiner Frau die Rosen und schaute in ihre blauen Augen.

»Was für ein Unsinn!« rief Lady Windermere. »Ich habe in meinem ganzen Leben noch nicht solchen Unsinn gehört.«

Die Sphinx ohne Geheimnis

Eine Radierung

Eines Nachmittags saß ich vor dem Cafe de la Paix und betrachtete den Glanz und die Schäbigkeit des Pariser Lebens und bewunderte hinter meinem Glas Wermut das merkwürdige Panorama von Stolz und Armut, das sich vor mir entwickelte. Da hörte ich, wie jemand meinen Namen rief. Ich wandte mich um und sah Lord Murchison. Wir waren einander nicht begegnet, seitdem wir vor beinah zehn Jahren zusammen studierten, und so war ich denn entzückt, ihn wiederzusehen, und wir schüttelten uns herzlich die Hände. In Oxford waren wir gute Freunde gewesen. Ich hatte ihn riesig gern gehabt, denn er war sehr hübsch, gradsinnig und anständig. Wir pflegten von ihm zu sagen, daß er gewiß der beste Kerl wäre, wenn er nur nicht immer die Wahrheit spräche. Aber ich glaube, wir bewunderten ihn ehrlich, gerade wegen seiner Offenherzigkeit. Ich fand ihn ziemlich verändert. Er sah ängstlich und zerstreut aus und schien über irgend etwas im Zweifel zu sein. Ich dachte mir, das könne kein moderner Skeptizismus sein, Murchison war durch und durch Tory und glaubte so fest an den Pentateuch wie an das Oberhaus. So schloß ich denn, daß es sich offenbar um eine Frau handle, und fragte ihn, ob er schon verheiratet sei.

»Ich verstehe Frauen zu wenig«, antwortete er.

»Mein lieber Gerald«, sagte ich. »Frauen wollen geliebt, nicht verstanden sein.«

»Ich kann nicht lieben, wo ich nicht vertrauen kann«, antwortete er.

»Ich glaube, es gibt ein Geheimnis in deinem Leben, Gerald«, rief ich aus. »Erzähle es mir doch!«

»Wollen wir nicht zusammen eine Spazierfahrt machen? Hier ist mir's zu voll«, antwortete er. »Nein, keinen gelben Wagen, lieber eine andere Farbe. Ja, der dunkelgrüne dort ist mir recht.« Und einige Augenblicke später fuhren wir den Boulevard in der Richtung nach der Madeleine hinunter.

»Wohin wollen wir?« sagte ich.

»Wohin du willst«, antwortete er. »Zum Restaurant im Bois. Wir werden dort dinieren, und du wirst mir von dir erzählen.«

»Ich möchte erst etwas von dir hören«, sagte ich. »Erzähle mir dein Geheimnis.«

Er zog ein kleines silberbeschlagenes Saffianetui aus der Tasche und reichte es mir. Ich öffnete es – es enthielt die Photographie einer Frau. Sie war hoch und schlank und sah seltsam malerisch aus mit ihren großen, träumerischen Augen und dem offenen Haar. Sie sah aus wie eine Hellseherin und war in einen kostbaren Pelz gehüllt. »Was hältst du von dem Gesicht?« fragte er. »Kann man ihm trauen?«

Ich betrachtete es aufmerksam. Das Gesicht sah aus wie das eines Menschen, der ein Geheimnis hat, aber ich hätte nicht sagen können, ob dies Geheimnis gut oder böse ist. Ihre Schönheit war eine aus vielen Geheimnissen gebildete Schönheit – eine Schönheit psychischer, nicht plastischer Natur –, und das schwache Lächeln, das ihre Lippen umspielte, war viel zu überlegen, als daß es wirklich süß hätte sein können.

»Nun«, rief er ungeduldig, »was sagst du zu ihr?«

»Eine Gioconda in Zobel«, antwortete ich. »Erzähl mir doch Näheres von ihr.«

»Nicht jetzt«, sagte er. »Nach Tisch.« Und er begann von anderen Dingen zu sprechen.

Als der Kellner uns den Kaffee und die Zigaretten gebracht hatte, erinnerte ich Gerald an sein Versprechen. Er stand auf und ging zwei- oder dreimal auf und ab, ließ sich dann in einen Lehnstuhl fallen und erzählte mir folgende Geschichte.

»Eines Abends«, sagte er, »ging ich nach fünf Uhr die Bond Street hinunter. Es herrschte ein furchtbares Gewirr von Wagen, und der Verkehr stockte fast völlig. Ganz nahe am Bürgersteig stand ein kleiner gelber Einspänner, der aus irgendeinem Grunde meine Aufmerksamkeit erregte. Als ich daran vorüberging, blickte mich das Gesicht an, das ich dir eben gezeigt habe. Es fesselte mich sofort. Die ganze Nacht und den ganzen nächsten Tag über dachte ich daran. Ich lief die verflixte Straße immer auf und ab, guckte in jeden

Wagen und wartete auf den gelben Einspänner. Aber ich konnte *ma belle inconnue* nicht finden, und schließlich begann ich zu glauben, daß es nur ein Traum gewesen sei. Etwa eine Woche später dinierte ich bei Madame de Rastail. Das Diner war auf acht Uhr angesetzt, aber um halb neun wartete man noch immer im Salon. Endlich öffnete der Diener die Tür und meldete eine Lady Alroy. Es war die Frau, die ich gesucht hatte. Sie kam sehr langsam herein, sah aus wie ein Mondstrahl in grauen Spitzen, und zu meinem unbeschreiblichen Entzücken wurde ich aufgefordert, sie zu Tische zu führen. Als wir uns gesetzt hatten, bemerkte ich ganz unschuldig: ›Ich glaube, ich habe Sie vor einiger Zeit in der Bond Street gesehen, Lady Alroy.‹ Sie wurde sehr blaß und sagte leise zu mir: ›Bitte, sprechen Sie nicht so laut, man könnte Sie hören.‹ Ich fühlte mich sehr unbehaglich, daß ich mich so schlecht bei ihr eingeführt hatte, und stürzte mich kopfüber in ein Gespräch über das französische Theater. Sie sprach sehr wenig, immer mit derselben leisen, musikalischen Stimme und schien immer Angst zu haben, daß jemand zuhören könne. Ich verliebte mich leidenschaftlich, wahnsinnig in sie, und die unbeschreibliche Atmosphäre des Geheimnisses, die sie umgab, erregte aufs heftigste meine brennende Neugier. Als sie fortging – und sie ging sehr bald nach dem Diner fort –, fragte ich sie, ob ich ihr meinen Besuch machen dürfe. Sie zögerte einen Augenblick, sah sich um, ob jemand in der Nähe sei, und sagte dann: ›Ja, – morgen um dreiviertel fünf.‹ Ich bat Madame de Rastail, mir etwas über sie zu sagen, aber alles, was ich erfahren konnte, war, daß sie Witwe sei und ein wunderschönes Haus in Park Lane besitze. Als dann irgendein wissenschaftlicher Schwätzer eine lange Abhandlung über Witwen begann, um an Beispielen zu beweisen, daß die Überlebenden stets die zur Ehe Geeignetsten seien, stand ich auf und ging nach Hause.

Am nächsten Tag erschien ich in Park Lane pünktlich zur angegebenen Stunde, aber der Kammerdiener sagte mir, daß Lady Alroy eben ausgegangen sei. Ich ging in meinen Klub, unglücklich und voller Unruhe. Nach langer Überlegung schrieb ich ihr einen Brief, in dem ich anfragte, ob es mir erlaubt sei, an einem anderen Tage mein Glück zu versuchen. Einige Tage lang erhielt ich keine Antwort, aber endlich bekam ich ein kleines Briefchen, in dem stand, daß sie Sonntag um vier Uhr zu Hause sein würde, und das folgendes sonderbare Postskriptum enthielt: ›Bitte, schreiben Sie mir nicht mehr hierher. Ich werde Ihnen den Grund bei unserem Wiedersehen sagen.‹ Am Sonntag empfing sie mich und war entzückend. Als ich fortging, bat sie mich, wenn ich ihr wieder einmal schriebe, den Brief an Mrs. Knox, c/o Whittakers Buchhandlung, Green Street, zu senden. ›Es gibt Gründe, warum ich in meinem Hause keine Briefe empfangen kann‹, sagte sie.

Den ganzen Winter hindurch sah ich sie sehr oft, und die Atmosphäre des Geheimnisses verließ sie nie. Manchmal glaubte ich, sie sei in der Gewalt irgendeines Mannes, aber sie sah immer so unnahbar aus, daß ich diese Meinung bald aufgab. Es war für mich sehr schwer, zu irgendeinem Ergebnis zu kommen, denn sie glich jenen seltsamen Kristallen, die man in Museen findet und die einen Augenblick ganz klar und dann wieder ganz trüb sind. Endlich entschloß ich mich, ihr einen Antrag zu machen. Ich war ganz krank und erschöpft von dem fortwährenden Geheimnis, mit dem sie alle meine Besuche und die wenigen Briefe, die ich ihr sandte, umgab. Ich schrieb ihr also in die Buchhandlung, um sie zu fragen, ob sie mich am nächsten Montag um sechs Uhr empfangen könne. Sie antwortete mit ›Ja‹, und ich war im siebenten Himmel des Entzückens. Ich war ganz behext von ihr – *trotz* des Geheimnisses, dachte ich damals, *wegen* des Geheimnisses, weiß ich jetzt. Nein, es war die Frau selbst, die ich liebte. Das Geheimnis beunruhigte mich, machte mich toll. Warum hat der Zufall mir auf die Spur geholfen?«

»Du hast es also entdeckt!« rief ich aus.

»Ich fürchte fast«, antwortete er. »Urteile selbst.

Als der Montag kam, ging ich mit meinem Onkel frühstücken, und etwa um vier Uhr war ich in der Marylebone Road. Wie du weißt, wohnt mein Onkel am Regent's Park. Ich wollte nach Piccadilly und schnitt den Weg ab, indem ich durch eine Menge armseliger, kleiner Straßen ging. Plötzlich sah ich vor mir Lady Alroy, tief verschleiert und eilenden Schrittes. Als sie zum letzten Haus der Straße kam, ging sie die Stufen hinauf, zog einen Drücker aus der Tasche, öffnete und trat ein. Hier ist also das Geheimnis, sagte ich zu mir selbst. Ich stürzte vor und betrachtete das Haus. Es schien eine Art Absteigequartier zu sein. Auf der Türschwelle lag ihr Taschentuch, das sie hatte fallen lassen. Ich hob es auf und steckte es in die Tasche. Dann begann ich darüber nachzudenken, was ich tun sollte. Ich kam zu dem Schluß, daß ich kein Recht hätte, ihr nachzuspionieren, und fuhr in meinen Klub. Um sechs machte ich ihr meinen Besuch. Sie lag auf dem Sofa, in einem silberdurchwirkten Schlafrock mit einer Spange von seltsamen Mondsteinen, die sie immer trug. Sie sah entzückend aus. ›Ich freue mich, Sie zu sehen‹, sagte sie. ›Ich war den ganzen Tag nicht aus.‹ Ich sah sie ganz verblüfft an, dann zog ich ihr Taschentuch aus meiner Tasche und übergab es ihr.

›Sie haben dieses Taschentuch heute nachmittag in der Cumnor Street verloren, Lady Alroy‹, sagte ich sehr ruhig. Sie sah mich ganz erschrocken an, machte aber keine Bewegung, das Taschentuch zu nehmen. ›Was haben Sie dort getan?‹ fragte ich. – ›Welches Recht haben Sie, mich das zu fragen?‹ antwortete sie. – ›Das Recht eines Mannes, der Sie liebt. Ich kam hierher, um Sie zu bitten, meine Frau zu werden.‹ Sie verbarg ihr Gesicht in den Händen und brach in eine Tränenflut aus. ›Sie müssen mir alles sagen‹, fuhr ich fort. Sie stand auf, blickte mir voll ins Gesicht und sagte: ›Lord Murchison, ich habe nichts zu sagen.‹ – ›Sie wollten dort jemand treffen‹, schrie ich, ›das ist Ihr Geheimnis.‹ Sie wurde schrecklich bleich und sagte: ›Ich wollte niemand treffen. ›Können Sie nicht die Wahrheit sagen?‹ rief ich aus. ›Ich habe sie gesagt‹, antwortete sie. Ich war toll, außer mir. Ich weiß nicht, was ich ihr gesagt habe, aber es waren furchtbare Dinge. Endlich stürzte ich aus dem Hause. Sie schrieb mir am nächsten Tage einen Brief. Ich sandte ihn ihr ungeöffnet zurück und fuhr mit Alan Colville nach Norwegen. Nach einem Monat kam ich zurück, und das erste, was ich in der Morgenpost las, war die Todesnachricht von Lady Alroy. Sie hatte sich in der Oper erkältet und war fünf Tage später an einer Lungenentzündung gestorben. Ich schloß mich ein und sah niemanden. Ich hatte sie wahnsinnig geliebt. Großer Gott, wie habe ich dieses Weib geliebt!«

»Du gingst natürlich in die Straße und in das Haus«, sagte ich.

»Ja«, antwortete er.

»Eines Tages ging ich nach der Cumnor Street. Ich konnte einfach nicht anders – der Zweifel quälte mich. Ich klopfte an die Tür, und eine würdig aussehende Dame öffnete mir. Ich fragte, ob sie nicht ein Zimmer zu vermieten hätte. ›Ja, Sir!‹ sagte sie. ›Mein Salon ist eigentlich vermietet, aber ich habe die Dame seit drei Monaten nicht gesehen. Und da das Zimmer nicht bezahlt ist, können Sie es haben.‹ ›Ist das diese Dame?‹ fragte ich und zeigte ihr das Bild. ›Gewiß!‹ rief sie aus, ›das ist sie. Und wann kommt sie denn zurück?‹ ›Die Dame ist tot‹, antwortete ich. ›O mein Gott‹, sagte die Frau. ›Sie war meine beste Mieterin. Sie hat mir drei Guineen die Woche bezahlt, um ab und zu hier im Salon zu sitzen.‹ ›Traf sie jemand?‹ fragte ich. Aber die Frau versicherte mir, daß sie immer allein kam und niemand traf. ›Was, um Gottes willen, hat sie dann hier getan?‹ rief ich aus. ›Sie saß bloß im Salon, las Bücher und trank manchmal eine Tasse Tee‹, antwortete die Frau. Ich wußte nicht, was ich sagen sollte, und so gab ich ihr einen Sovereign und ging. – Was glaubst du, hat das alles bedeutet? Glaubst du, daß die Frau die Wahrheit gesagt hat?«

»Gewiß glaube ich das«, antwortete ich.

»Warum ist Lady Alroy dann aber hingegangen?«

»Mein lieber Gerald«, antwortete ich. »Lady Alroy war einfach eine Frau mit der Manie für das Geheimnisvolle. Sie hat das Zimmer aus Vergnügen daran genommen, tiefverschleiert hingehen zu können und sich einzubilden, sie sei eine Romanheldin. Sie hatte die Leidenschaft der Geheimnistuerei, aber sie selbst war bloß eine Sphinx ohne Geheimnis.«

»Glaubst du das wirklich?«

»Ich bin davon überzeugt«, antwortete ich.

Er nahm das Saffianetui aus der Tasche, öffnete es und blickte auf das Bild. »Wer weiß?« sagte er endlich.

Der Modellmillionär

Ein Zeichen der Bewunderung

Wenn man nicht reich ist, hat es keinen Sinn, ein netter Junge zu sein. Romantik ist das Vorrecht der Reichen, nicht der Beruf der Arbeitslosen. Der Arme muß praktisch und prosaisch sein. Es ist besser, ein sicheres Einkommen zu haben, als die Leute zu bezaubern. Das sind die großen Wahrheiten des modernen Lebens, die Hugo Erskine niemals erkannte. Armer Hugo! In intellektueller Beziehung, das muß ich zugeben, war er freilich nicht von großer Bedeutung. Er hat nie in seinem Leben ein glänzendes oder auch nur ein bissiges Wort gesagt – aber er sah wunderhübsch aus mit seinem krausen braunen Haar, seinem feingeschnittenen Profil und seinen braunen Augen. Er war ebenso beliebt bei Männern wie bei Frauen, und er hatte jede Tugend, nur nicht die, Geld machen zu können. Sein Vater hatte ihm seinen Kavalleriesäbel und eine *Geschichte des spanischen Erbfolgekriegs* in fünfzehn Bänden hinterlassen. Hugo hing den ersteren über seinen Spiegel und stellte die letzteren auf ein Regal zwischen *Ruff's Guide* durch London und *Bailey's Magazine* und lebte von zweihundert Pfund im Jahr, die eine alte Tante ihm aussetzte. Er hatte alles versucht. Er war sechs Monate auf die Börse gegangen; aber was soll ein Schmetterling zwischen gierigen Raubtieren anfangen? Etwas längere Zeit war er Teehändler gewesen, aber Pekoe und Souchong langweilten ihn bald. Dann hatte er versucht, herben Sherry zu verkaufen. Das ging nicht – der Sherry war etwas zu herb. Endlich war er nichts weiter als ein entzückender, harmloser junger Mann mit einem vollendeten Profil, aber ohne Beruf.

Um das Übel voll zu machen, war er überdies verliebt. Das Mädchen, das er liebte, war Laura Merton, die Tochter eines pensionierten Obersten, der seine gute Laune und seine gute Verdauung in Indien verloren hatte und keines von beiden je wiederfand. Laura betete Hugo an, und er war bereit, ihre Schuhbänder zu küssen. Es gab kein hübscheres Paar in London, aber sie besaßen zusammen keinen Heller. Der Oberst hatte Hugo sehr gern, wollte aber nichts von einer Verlobung wissen.

»Kommen Sie zu mir, mein Junge, wenn Sie einmal zehntausend Pfund besitzen – dann werden wir weiter sehen«, pflegte er zu sagen; und an solchen Tagen blickte Hugo sehr sauer drein, und Laura mußte ihn trösten.

Eines Morgens, als er gerade auf dem Wege nach dem Holland Park war, wo die Mertons wohnten, kam ihm der Gedanke, einen guten Freund, Alan Trevor, zu besuchen. Trevor war ein Maler. Es gelingt heutzutage wirklich wenig Leuten, dies nicht zu sein. Aber er war auch ein Künstler, und Künstler sind doch schon etwas seltener. Äußerlich war er ein seltsam grober Bursche mit einem sommersprossigen Gesicht und einem wilden roten Bart. Wenn er aber seinen Pinsel in die Hand nahm, war er ein wirklicher Meister, und seine Bilder waren sehr gesucht. Er war anfangs von Hugo lediglich seiner äußeren Vorzüge wegen entzückt gewesen. »Die einzigen Leute, mit denen ein Maler verkehren sollte«, pflegte er zu sagen, »sind Leute, die dumm und schön sind, Leute, die anzusehen ein künstlerischer Genuß ist, und bei denen der Geist ausruht, wenn man mit ihnen spricht. Männer, die Dandys und Frauen die Darlings sind, regieren die Welt oder sollten es wenigstens.« Als er aber Hugo besser kennenlernte, gewann er ihn ebenso lieb wegen seines frischen, heiteren Wesens und seiner sorglosen, noblen Natur; und so hatte er ihm erlaubt, ihn jederzeit in seinem Atelier zu besuchen.

Als Hugo eintrat, war Trevor gerade dabei, die letzte Hand an ein wundervolles, lebensgroßes Bildnis eines Bettlers zu legen. Der Bettler selbst stand auf einer erhöhten Plattform in einer Ecke des Ateliers. Es war ein vertrocknetes, zerknittertes altes Männchen mit einem Gesicht wie Pergament und mit einem sehr kläglichen Ausdruck in den Zügen. Über seine Schulter war ein elender brauner Mantel geworfen, ganz zerfetzt und zerlumpt. Seine plumpen Schuhe waren geflickt, und mit einer Hand stützte er sich auf einen derben Stock, mit der anderen hielt er seinen zerschlissenen Hut nach Almosen hin.

»Welch ein verblüffendes Modell!« flüsterte Hugo, als er seinem Freund die Hand schüttelte.

»Ein verblüffendes Modell?!« schrie Trevor mit der ganzen Kraft seiner Stimme. »Das will ich wohl meinen! Solchen Bettlern begegnet man nicht alle Tage. Eine *trouvaille, mon cher*, ein lebender Velasquez! Beim Himmel – was für eine Radierung hätte Rembrandt nach ihm gemacht.«

»Armer alter Kerl!« sagte Hugo. »Wie elend er aussieht! Aber für euch Maler muß ja sein Gesicht ein wahres Vermögen bedeuten.«

»Gewiß«, antwortete Trevor. »Sie können ja schließlich nicht verlangen, daß ein Bettler glücklich aussieht.«

»Wieviel bekommt ein Modell für eine Sitzung?« fragte Hugo, nachdem er sich bequem auf den Diwan niedergelassen hatte.

»Einen Schilling für die Stunde.«

»Und wieviel bekommen Sie für ein Bild, Alan?«

»Na – für das bekomme ich zweitausend.«

»Pfund?«

»Guineen. Maler, Poeten und Ärzte rechnen immer nur nach Guineen.«

»Das Modell sollte eigentlich eine Tantieme bekommen!« rief Hugo lachend. »Es hat eine ebenso schwere Arbeit wie Sie.«

»Unsinn, Unsinn! ... Sehen Sie nur, was mir das Farbenauftragen allein schon für Mühe macht, und glauben Sie, es ist nichts, so den ganzen Tag vor der Staffelei zu stehen? Sie haben leicht reden, Hugo, aber ich versichere Sie, daß es Augenblicke gibt, wo die Kunst fast die Würde des Handwerks erreicht. Aber jetzt stören Sie mich nicht – ich habe noch sehr viel zu tun! Nehmen Sie eine Zigarette und verhalten Sie sich ruhig.«

Nach einiger Zeit kam der Diener herein und sagte Trevor, daß der Rahmenmacher ihn zu sprechen wünsche.

»Laufen Sie nicht davon, Hugo«, sagte er, als er hinausging. »Ich bin im Augenblick zurück.«

Der alte Bettler benützte die Abwesenheit Trevors, um sich ein wenig auf der hölzernen Bank, die hinter ihm stand, auszuruhen. Er sah so verloren und elend aus, daß Hugo Mitleid mit ihm haben mußte. Er suchte in seinen Taschen, um zu sehen, was er an Kleingeld bei sich habe. Er fand aber nur einen Sovereign und einige Kupfermünzen. ›Armer alter Kerl‹, sagte er zu sich selbst. ›Er braucht das Geld nötiger als ich. Für mich bedeutet das allerdings vierzehn Tage lang keinen Wagen.‹ Er ging durch das Atelier und schob den Sovereign in die Hand des Bettlers.

Der alte Mann sah verwundert auf, und ein schwaches Lächeln zuckte um seine vertrockneten Lippen. »Danke, Sir«, sagte er, »danke.«

Dann kam Trevor zurück, Hugo nahm Abschied und errötete dabei ein wenig über seine Tat. Er verbrachte den Tag mit Laura, sie schalt ihn liebenswürdig wegen seiner Extravaganz, und dann mußte er zu Fuß heimgehen. Gegen elf Uhr abends ging er noch in den Paletteklub, und dort fand er Trevor, der einsam im Rauchzimmer saß und Rheinwein mit Selterswasser trank.

»Nun, Alan, haben Sie Ihr Bild fertigbekommen?« sagte er und zündete sich eine Zigarette an.

»Fix und fertig und eingerahmt, mein Junge«, antwortete Trevor. »Sie haben übrigens eine Eroberung gemacht. Das alte Modell, das Sie gesehen haben, ist ganz und gar in Sie verschossen. Ich mußte ihm alles über Sie erzählen, wer Sie sind, wo Sie wohnen, wie hoch Ihr Einkommen ist, was für Aussichten Sie haben.«

»Mein lieber Alan«, rief Hugo. »Wenn ich jetzt nach Hause komme, wird er mich sicher schon erwarten. Sie machen hoffentlich nur einen Scherz? Der arme Jammergreis! Ich wünschte, ich könnte etwas für ihn tun. Es muß schrecklich sein, wenn man gar so elend ist. Ich habe Stöße von alten Kleidern zu Hause glauben Sie, daß er was davon gebrauchen könnte? Seine Fetzen fielen ihm ja schon in Stücken vom Leibe.«

»Aber er sieht prachtvoll darin aus«, sagte Trevor. »Nicht um alles in der Welt würde ich ihn im Frack malen. Was Sie Fetzen nennen, nenne ich romantisch. Was Ihnen jammervoll erscheint, ist für mich pittoresk. Übrigens werde ich ihm von Ihrem Anerbieten Mitteilung machen.«

»Alan«, sagte Hugo ernsthaft. »Ihr Maler seid doch ein herzloses Pack.«

»Eines Künstlers Herz ist sein Kopf«, antwortete Trevor. »Und überdies besteht unser Beruf darin, die Welt zu verwirklichen, wie wir sie sehen, nicht sie zu verbessern, weil wir sie kennen. *A chacun son métier!* Und nun sagen Sie mir, wie es Laura geht. Das alte Modell hat sich ungemein für sie interessiert.«

»Wollen Sie damit etwa sagen, daß Sie ihm von ihr erzählt haben?« fragte Hugo.

»Gewiß hab' ich das getan! Er weiß alles über den eigensinnigen Oberst, die liebliche Laura und die fehlenden zehntausend Pfund.«

»Sie haben also einem alten Bettler alle meine Privatverhältnisse erzählt?!« rief Hugo und wurde sehr rot und ärgerlich.

»Mein lieber Junge«, sagte Trevor und lächelte. »Dieser alte Bettler, wie Sie ihn nennen, ist einer der reichsten Männer in Europa. Er könnte morgen ganz London zusammenkaufen, ohne sein Konto zu überziehen. Er hat ein Haus in jeder Hauptstadt, speist von goldenen Schüsseln und kann, wenn es ihm gerade einfällt, Rußland verhindern, Krieg zu führen.«

»Wie meinen Sie das?« fragte Hugo erstaunt.

»Wie ich es sage«, antwortete Trevor. »Der alte Mann, dem Sie heute in meinem Atelier begegnet sind, ist Baron Hausberg. Er ist ein guter Freund von mir, kauft alle meine Bilder und hat mir vor einem Monat den Auftrag gegeben, ihn als Bettler zu malen. *Que voulez-vous? La fantaisie d'un millionnaire!* Und ich muß sagen, er sah wundervoll aus in seinen Lumpen, oder besser gesagt in meinen Lumpen; ich habe die ganze Garnitur einmal alt in Spanien gekauft.«

»Baron Hausberg?!« rief Hugo. »Allmächtiger – und ich hab' ihm einen Sovereign gegeben!« Und er sank, ein Bild des Jammers, in den Lehnstuhl.

»Sie haben ihm einen Sovereign gegeben?!« brüllte Trevor und konnte sich vor Lachen nicht halten. »Mein lieber Junge, Sie werden Ihr Geld nie wiedersehen. *Son affaire cest l'argent des autres.*«

»Sie hätten mir das aber auch vorher sagen können!« schmollte Hugo. »Dann hätt' ich mich nicht so zum Narren gemacht.«

»Na, hören Sie mal, Hugo!« sagte Trevor. »Erstens konnte ich nicht annehmen, daß Sie so sorglos mit Almosen um sich werfen! Ich verstehe, daß man einem hübschen Modell einen Kuß gibt, aber einem häßlichen Modell einen Sovereign – nein, das geht über meinen Horizont. Überdies war ich tatsächlich an diesem Tage für niemanden zu sprechen. Als Sie kamen, wußte ich nicht, ob Hausberg eine offizielle Vorstellung passen würde. Sie wissen ja – er war nicht gerade in *full dress*.«

»Für was für einen Trottel muß er mich halten!« sagte Hugo.

»Aber durchaus nicht! Er war, nachdem Sie uns verlassen hatten, in der denkbar besten Laune. Er lachte immer in sich hinein und rieb fortwährend seine alten, verrunzelten Hände. Ich verstand nicht, warum er sich so für Sie interessierte. Aber nun kapiere ich es. Er wird den Sovereign für Sie anlegen, Hugo, Ihnen alle sechs Monate Ihre Zinsen zahlen und bei jedem Diner den kapitalen Spaß erzählen.«

»Ich bin ein unglücklicher Teufel«, brummte Hugo. »Das beste ist, ich gehe zu Bett. Bitte, Alan, erzählen Sie niemandem die Geschichte – ich könnte mich sonst nicht mehr auf der Straße sehen lassen!«

»Unsinn, die Sache wirft auf Ihren philanthropischen Geist das beste Licht, Hugo. Und jetzt laufen Sie nicht davon! Nehmen Sie noch eine Zigarette, und dann schwatzen wir über Laura, soviel Sie wollen!«

Aber Hugo wollte nun einmal nicht bleiben, sondern ging nach Hause, und es war ihm sehr unbehaglich zumute. Alan Trevor aber blieb zurück und lachte sich halbtot.

Als Hugo am nächsten Morgen beim Frühstück saß, brachte ihm das Mädchen eine Karte, auf der unter dem Namen Monsieur Gustave Naudin geschrieben war: *De la part de M. le Baron Hausberg.* ›Er kommt offenbar, um meine Entschuldigung entgegenzunehmen‹, sagte Hugo zu sich selbst. Und er ließ den Fremden hereinbitten.

Ein alter Herr mit goldener Brille und grauem Haar trat ein und sagte mit leicht französischem Akzent: »Habe ich die Ehre, mit Monsieur Erskine zu sprechen?«

Hugo verbeugte sich.

»Ich komme vom Baron Hausberg«, fuhr er fort, »und der Baron –
«

»Ich bitte Sie, mein Herr, ihm meine aufrichtigsten Entschuldigungen zu übermitteln«, stammelte Hugo.

»Der Baron«, sagte der alte Herr mit einem Lächeln, »hat mich beauftragt, Ihnen diesen Brief zu bringen«; und er reichte ihm ein versiegeltes Kuvert.

Auf dem Briefumschlag stand geschrieben: »Ein Hochzeitsgeschenk für Hugo Erskine und Laura Merton von einem alten Bettler.« Und darin lag ein Scheck auf zehntausend Pfund.

Als sie heirateten, war Alan Trevor Brautführer, und der Baron hielt beim Hochzeitsmahl eine Rede.

»Es gibt wenig Millionärmodelle«, bemerkte Alan, »aber wahrhaftig – Modellmillionäre sind noch seltener.«

Philosophische Leitsätze zum Gebrauch für die Jugend

*

Die erste Pflicht im Leben ist: so künstlich wie möglich zu sein. Eine zweite Pflicht hat bis heute noch keiner entdeckt.

*

Lasterhaftigkeit ist ein Mythos, den gute Leute erfunden haben, um die merkwürdige Anziehungskraft anderer zu erklären.

*

Wären die Armen nur nicht so häßlich, die soziale Frage ließe sich leicht lösen.

*

Die einen Unterschied zwischen Körper und Seele machen, haben keines von beiden.

*

Eine wirklich tadellose Knopflochblume ist das einzige, was Kunst mit Natur verbindet.

*

Religionen sterben, wenn ihre Wahrheit erwiesen ist. Die Wissenschaft ist das Archiv toter Religionen.

*

Guterzogene widersprechen anderen. Weise widersprechen sich.

*

Tatsachen haben nicht die geringste Bedeutung.

*

Stumpfsinn ist mündig gewordener Ernst.

*

In allen unwichtigen Dingen ist Stil, nicht Ernsthaftigkeit, wesentlich.

In allen wichtigen Dingen ist Stil, nicht Ernsthaftigkeit, wesentlich.

*

Wer die Wahrheit sagt, wird früher oder später dabei ertappt.

*

Vergnügen ist das einzige, wofür man leben sollte. Nichts macht so alt wie Glück.

*

Nur wer seine Rechnungen nicht bezahlt, darf hoffen, im Gedächtnis der Krämer-Kaste weiterzuleben.

*

Kein Verbrechen ist vulgär. Aber jede Vulgarität ist ein Verbrechen. Vulgär ist das Benehmen anderer.

*

Nur Flachköpfe kennen sich.

*

Zeit ist Geldverschwendung.

*

Man sollte stets ein wenig unwahrscheinlich sein.

*

Gute Vorsätze haben etwas Fatales: sie werden immer zu früh gefaßt.

*

Es gibt nur eine Entschuldigung, wenn man sich gelegentlich exzentrisch kleidet: man muß sich stets exzentrisch benehmen.

*

Frühreif sein heißt vollkommen sein.

*

Jedes Vorurteil über richtiges oder falsches Verhalten beweist eine gestörte intellektuelle Entwicklung.

*

Ehrgeiz ist die letzte Zuflucht des Versagers.

*

Eine Wahrheit hört auf wahr zu sein, wenn mehr als einer an sie glaubt.

*

In Prüfungen stellen Toren Fragen, die Weise nicht beantworten können.

*

Die griechische Kleidung war wesentlich unkünstlerisch. Nichts als der Körper sollte den Körper offenbaren.

*

Man sollte entweder ein Kunstwerk sein oder ein Kunstwerk tragen.

*

Nur die oberflächlichen Eigenschaften dauern. Des Menschen tiefere Natur ist bald entlarvt.

*

Fleiß ist die Wurzel aller Häßlichkeit.

*

Nur die Götter kosten den Tod. Apollo ist nicht mehr. Aber Hyacinth, den er erschlug, lebt weiter. Nero und Narziß sind immer mit uns.

*

Greise glauben alles. Männer bezweifeln alles. Kinder wissen alles.

*

Voraussetzung zur Vollkommenheit ist Muße. Ziel der Vollkommenheit ist Jugend.

*

Nur Meistern des Stils gelingt es, dunkel zu sein.

*

Die Zeitalter leben in der Geschichte durch ihre Anachronismen.

*

Es ist tragisch, daß so viele gutaussehende junge Männer ins Leben treten, um in einem nützlichen Beruf zu enden.

*

Eigenliebe ist Anfang einer lebenslangen Romanze.

Über tredition

Eigenes Buch veröffentlichen

tredition wurde 2006 in Hamburg gegründet und hat seither mehre-re tausend Buchtitel veröffentlicht. Autoren veröffentlichen in we-nigen leichten Schritten gedruckte Bücher, e-Books und audio-Books. tredition hat das Ziel, die beste und fairste Veröffentli-chungsmöglichkeit für Autoren zu bieten.

tredition wurde mit der Erkenntnis gegründet, dass nur etwa jedes 200. bei Verlagen eingereichte Manuskript veröffentlicht wird. Da-bei hat jedes Buch seinen Markt, also seine Leser. tredition sorgt dafür, dass für jedes Buch die Leserschaft auch erreicht wird.

Im einzigartigen Literatur-Netzwerk von tredition bieten zahlreiche Literatur-Partner (das sind Lektoren, Übersetzer, Hörbuchsprecher und Illustratoren) ihre Dienstleistung an, um Manuskripte zu ver-bessern oder die Vielfalt zu erhöhen. Autoren vereinbaren direkt mit den Literatur-Partnern die Konditionen ihrer Zusammenarbeit und partizipieren gemeinsam am Erfolg des Buches.

Das gesamte Verlagsprogramm von tredition ist bei allen stationä-ren Buchhandlungen und Online-Buchhändlern wie z. B. Amazon erhältlich. e-Books stehen bei den führenden Online-Portalen (z. B. iBookstore von Apple oder Kindle von Amazon) zum Verkauf.

Einfach leicht ein Buch veröffentlichen: **www.tredition.de**

Eigene Buchreihe oder eigenen Verlag gründen

Seit 2009 bietet tredition sein Verlagskonzept auch als sogenanntes "White-Label" an. Das bedeutet, dass andere Unternehmen, Institutionen und Personen risikofrei und unkompliziert selbst zum Herausgeber von Büchern und Buchreihen unter eigener Marke werden können. tredition übernimmt dabei das komplette Herstellungs- und Distributionsrisiko.

Zahlreiche Zeitschriften-, Zeitungs- und Buchverlage, Universitäten, Forschungseinrichtungen u.v.m. nutzen diese Dienstleistung von tredition, um unter eigener Marke ohne Risiko Bücher zu verlegen.

Alle Informationen im Internet: **www.tredition.de/fuer-verlage**

tredition wurde mit mehreren Innovationspreisen ausgezeichnet, u. a. mit dem Webfuture Award und dem Innovationspreis der Buch Digitale.

tredition ist Mitglied im Börsenverein des Deutschen Buchhandels.

Dieses Werk elektronisch lesen

Dieses Werk ist Teil der Gutenberg-DE Edition DVD. Diese enthält das komplette Archiv des Projekt Gutenberg-DE. Die DVD ist im Internet erhältlich auf **http://gutenbergshop.abc.de**

Zeitfracht Medien GmbH
Ferdinand-Jühlke-Straße 7
99095 Erfurt, Deutschland
produktsicherheit@kolibri360.de